# 幻肢痛日記

無くなった右足と
不確かさを生きる

青木彬

河出書房新社

# はじめに

僕は三〇歳の時に右足を切断しました。

それは突然降りかかった事故でもなく、僕にとっては半ば必然的な、起こり得るだろう未来の出来事のひとつでした。だから足を切断するという選択肢が目の前に現れた時、まったくと言っていいほど戸惑いが無く、診察室で医師からの提案に対して「切断します」と即答したのです。

この本は、切断手術後に病院のベッドの上から投稿し始めたインターネット上での連載を元にしています。一連の連載は、身体の変化や感じたことを日記のように綴っていたものでした。連日のように書いたものもあれば、半年以上間が空いていることもあります。不規則に書き続けられた日記は、決して闘病記のようなものではありません。では一体何なのかと問われると、僕自身も一言では答えられないのですが、ある人にとってはちょっと変わった障害受容の話に読めるかもしれないし、また別の人には幻肢痛についての資料となるかもしれません。はたまた人間が持っている創造力の可能性に、触れてもらうきっかけとなることもあるのではないかと想像しています。

しかし、少しでも有意義に本書を読み進めてもらうために、いくつかの補助線を共有したいと思います。まず本書の構成についてお伝えすると、切断してから約四年の間に書き綴った日記は、大きく三つの内容に分けられます。手術直後から現れた幻肢痛の症状について書いたもの、その後のリハビリや義足作りに関すること、そして右足切断という経験と、アートに携わる仕事を通じて感じてきたことを重ね合わせて考えたことです。特に三つ目は、幻肢痛それ自体やそこに関連づけられる様々な現象や経験を「無いものの存在」と名づけて考え続けた思考実験の軌跡であり、「不確かさ」という本書に通底するキーワードを扱うものです。

このようなキーワードは、幼少期から演劇に触れていた経験や、現代アートに関わる仕事をしている中で自然と身につけていったものでしたが、それがなんと右足の切断という状況と重なったのです。頭で考えたり心で感じたりしていた抽象的な事柄が、自分の肉体の上で実感を伴って知覚されたというのが近いかもしれません。それはまるで、今まで背を向けていた隣の人が急に振り返って話しかけてきたような、隣り合わせにあったものが一八〇度回転したことで接続された瞬間でした。

これから始まる物語は、僕の身体で実際に起こった出来事のほんの一部を記録したものです。その経験は辛うじて言葉になってはいるものの、僕にとってもまだわからないことが数多くあります。でもそんな経験が、本書を通じてくるっとみなさんと繋がる瞬間があることを期待してみたいと思います。わかる必要はありません。わからないことがあることを、一緒に楽しんでもらうことができれば嬉しいです。

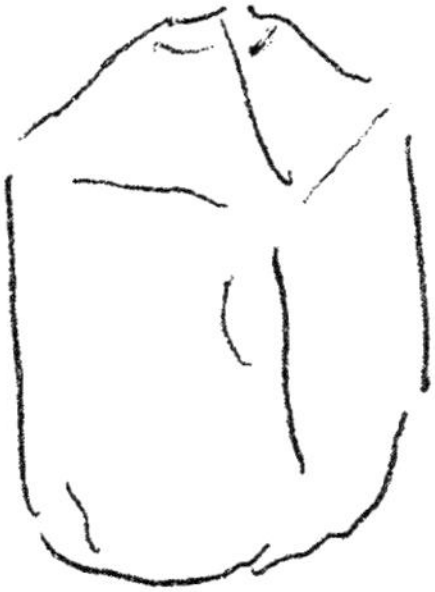

## 第3章 踊り出す義足

第5章 わからないものをわからないまま

**装幀**　松田行正＋倉橋弘（マツダオフィス）

# 幻肢痛日記——無くなった右足と不確かさを生きる

# 第1章

# 幻肢痛の当事者研究

二〇一九年一二月三日

# 右足を切断しました

五日前に、右足を切断する手術をした。

切断した右足は一二歳の時に骨肉腫を発症して、抗がん剤による治療と人工関節への置換手術を受けており、僕には既に身体障害者手帳が発行されている。

一三歳以降に出会った人は、右足をびっこをひいて歩く、障害者としての僕のことしか知らない人ばかりだ。傍目《はため》には不自由に見えていたかもしれないが、幸いにも病気の再発は無く、三〇歳になるまで無事に生活を送っていた。

ところが、九月に夜道でつまずいたことで人工関節を入れた右足が激しく痛み、ちょっとヤバイと思って近所の病院に駆け込んで紹介状を書いてもらい、約七年ぶりにお世話になっていた大学病院に行ったのだった。

一二歳の頃から仲の良かった医師に診察してもらったところ、つまずいたことはさほど問題ではなかったが、既に感染症が進行しており、その影響で脆《もろ》くなっていた大腿骨に人工関節が埋没し始めていて決して良い状態ではないとのことだった。

感染症の再発を防ぐことと、運動機能の向上のため、医師からの提案は右足の切断。

昔から切断自体にまったく躊躇《ちゅうちょ》は無かった。

一四歳から二〇歳頃まで車椅子バスケをしていたから下肢切断の人は多く見ていたし、人工関節で運動するのは怪我のリスクなどがあるため、高校生の時に「今から切断という選択肢はあるのか」と当時の主治医に相談したこともあった。

その主治医には「いつでも切れるからまだつけとけ」と言われ、せっかく残してくれたのだから人工関節を最後まで使い続けようと思ったのだ。とは言え、人工関節も消耗するので、いつまでもこれで過ごせないということはその時からわかっていたことだ。

そんなわけで切断の提案は予想外ではないし、むしろ感染症のリスク回避や運動能力の向上は自分にとってはとってもポジティブな選択である。

そして一一月二八日、三〇年を共にした右足と約一五年を共にした人工関節を切断した。

右足の切断という経験をわざわざ発信するつもりなんてなかったのだが、術後のとある症状が僕の身体や思考の変化を記録させるきっかけになった。

それは幻肢痛である。

欠損した四肢が残っているかのように、身体が無い場所に痛みを感じる症状だ。ほとんどの切断患者が経験すると聞いていたが、手術を終えてベッドに戻った頃には、麻酔で朦《もう》朧《ろう》とした意識の中でも既に幻肢の感覚があった。

実はこれを経験できることは、ひとつの楽しみだったのだ。幻肢痛という言葉と出会ったのは、芸術を学んでいた大学生の時。自分が骨肉腫になった経験や、脳腫瘍で父親が亡くなったことから人間の身体感覚などに関心を持ち、現象学についての哲学書を読んでいた時だった。言葉では知っていた幻肢痛。何が楽しみだったかというと、肉体を超えて伸縮する身体感覚を実際に自分が経験できるということだ。

僕は自分の身体で経験することに大きな信頼感を持っている。それは骨肉腫の治療中、化学療法の副作用で吐き気が続く中でも何が食べられるかを思案したり、治療によって腫瘍が消えていく様子をイメージしたり、日々変化する身体をつぶさに自己観察するようになったことが要因なのかもしれない。自分の身体を観察することは、自分の身体を客体化するような振る舞いでもあった。自分の身体に対して「今、何なら食べられそう？」と問いかける。その時に応えてくれるのは自分の身体だけだ。例えば副作用の吐き気が徐々に収まってきた時、食べたくなるのは決まってファストフードのナゲットだった。ちなみに他の骨肉腫患者の友達も、同じくナゲットが食べたくなっていた。こんなことを医者は絶対にわからないだろう。

副作用の吐き気が残っていてもナゲットが食べられることを知っているのは、僕自身というよりも僕の身体のような気がしていた。思春期の僕はそんな風に自分の身体と向き合うようになっていた。それは人生のあらゆる経験を引き受け、そして僕の深層意識を記録するこの身体への信頼感を育《はぐく》んでいったのだ。だから酸《す》いも甘いもあらゆる経験を味わってやるという気持ちが強くある。

それは頭を使うことが多い今の仕事に対する反動でもあるかもしれない。

僕は大学を卒業してから演劇関係の仕事を経て、現在はインディペンデント・キュレーターという仕事をしている。美術館などにいるキュレーターと違い、特定の施設に所属せずにフリーランスで活動を行なうキュレーターだ。主な仕事は現在生きているアーティストと共に展覧会やプロジェクトを企画運営すること。僕の場合、仕事を依頼してくる人たちはアートを専門にしていない方が多く、かつ展覧会などを行なう場所も白い壁で囲まれたギャラリーや美術館ではなく、まちの中の空き家や遊休施設、公共空間、はたまた森の中など多種多様だ。

だから企画を行なう際もアートの文脈だけでなく、その地域や場所の歴史、関わる人の思いなど複雑な要素と向き合わなくてはいけないし、予算作りや関係各所との調整などプロデューサー的な業務も必要になる。

様々な地域で他分野の方と協働していく中で、専門家としてそれがアートであることを担保しなければならない責任を感じてきた。アートの専門家としてそれは重要なことだ。しかし、アートはキュレーターである僕や、作品を作るアーティストだけが占有しているものではないとも思う。そうやってわからないことを専門家に委ねるのではなく、関わってくれる人たちそれぞれの創造力を引き出していくことこそ自分の役割ではないかと思う。三〇歳を前に、インディペンデント・キュレーター五年目の僕はそんなことをもやもやと考えていた。

そしてそんなもやもやは、アートという業界における様々な不平等に対しても感じることがあった。例えば世間に向けては素晴らしいコンセプトが表明されていても、それを実現する過程でハラスメントに苦しむ人がいたり、誰かが傷ついたりしているのを見聞きすることもあった。さらにそうした環境をたまたま耐え抜いてしまったことで、現在のインディペンデント・キュレーターとしてのポジションを得ていると思うと、どこか罪悪感もある。だからこうした業界の構造や風潮を再生産しないためには、これまでのやり方を当たり前だと思わず、プロジェクトの作り方そのものから作っていかなくてはいけないと感じていた。

右足切断という事実とアート。

幻肢痛を経験した途端、切断された右足と溜まっていたアートに関するもやもやが、身体のどこかでバチンッと繋がるのを感じたのだった。そして右足の切断を通して経験していくことを記録し、両者の繋がりから、何か新しい思考方法や振る舞いについて考え続けようと決心したのだった。

## 二〇一九年一二月四日

# 無いもののあり方

手術前日の主治医とのカンファレンスで驚いたことがある。患者が希望すれば切断した足は火葬して骨壺に入れてもらえるというのだ。そんなサービスがあるのかと驚き、迷わず「欲しい」と即答した。

術後、硬膜《こうまく》外麻酔（術中から術後しばらく入れ続ける麻酔で、背骨に刺される）で意識がぼんやりしている最中に医師が紙袋を手に持ち仰々しく病室に入ってきて「先日火葬が済んだ足になります」と届けてくれた。

骨壺によって知らされる肉体の一部が先に死んだという感覚は、嘘のようでもあるけれど右足がもう無いことを改めて実感させてくれた。ただ、もらったは良いものの今は保管場所に迷っている。

身体の一部が「死んだよ」という手続きを踏まされた後に、まだ「生きている」残った左足を見ていると、両者を隔てたものが本当に生死という二択かわからなくなる。そもそもかろうじて右足として残った箇所は「足」なのだろうか。足の付け根から伸びる二〇センチくらいのまるっとした肉の塊は、ぷるぷるしていてどこか可愛げがある。赤ちゃんのお尻と言えばイメージしてもらいやすいだろうか。少し良いように言い過ぎたかもしれないが、そんな愛嬌を僕は感じ取った。

義足を見たことがある人はまああいるかもしれないが、切断された足がどうなっているか見たことがある人はあまりいないのではないだろうか。僕の場合は、人工関節が刺さっていた膝上の大腿骨からの切断となった。これを大腿切断という。切断する部位によって、装着できる義足の種類も変わるのだが、大腿切断の場合、膝から下の機能を義足で補うことになるため、膝のパーツがちょうどいい位置に来るようにバランスを考えて切断しなくてはいけない。それと切断の仕方も面白い。切断と聞くと足をスパッと一刀両断のように思うかもしれないが、それだと切断した骨を覆う肉やら皮膚が足りずに骨が皮膚を突き破ってしまうので、骨を切断した位置よりも少し多めに周囲の組織を残しておき、骨に蓋をするように縫い合わせてある。がま口財布の形状を思い浮かべてもらえばわかりやすいだろう。

術後一日目から感じた足先の感覚は、肉体にキャッシュが残ったままのように、火葬され損ねた足のアバターとしてちゃんとベッドに横たわっている。

この時感じていたのはまだ痛みではなかった。ステッキを手に持つ時の触覚が延長されたような、棒の先端に感覚が移行するようなあの感じが、残った足から直線に四〇〜五〇センチほどのところにあった。

たぶん膝周辺よりも足先の感覚が強かったのは、人工関節を入れている時から膝から足首にかけて感覚が鈍かったことが原因だと思う。

大腿骨から足首までは人工関節が入っていたので、生身の身体は大腿骨と足首から先のみ。だから足首の幻肢が強いのだろう。人工関節が入っていた足に生じていた感覚のグラデーションが、切断されて際立ってきた。


足首の幻肢が現れたのも、人工物の入っていた膝から脛《すね》よりも僕の肉体が充満していた箇所だからなのだろうか。そうすると幻肢痛はそんな足首の存在の履歴なのかもしれない。だとすると「欠損した身体に痛みを感じる」のなら「履歴が感じ取れれば無い身体が作れる」のだろうか。


これは〝無い〟という〝存在〟の作り方の模索だ。

火葬されようが、確かにそこに〝無い右足〟が〝存在〟している幻肢痛というこの感覚。大切なのは〝あった〟という事実とは違い、存在の無さを知覚していることだ。幻肢痛に関する一連の思考は「無いものの存在」と呼べるだろう。幻肢痛が「ここに右足があったんだよ」という声だとすると、幸いその声を聞ける本人がいる。だから、その声が聞こえる限り耳を傾けてみたい。

「無い」は存在が消滅していることではなく、無いという存在自体を指す。「もの」は肉体のように空間に影響を及ぼす存在を指す。

術後一週間経つので幻肢痛も強くなってきたけど、現在の痛みのパターンはわかってきた。

二〇一九年一二月五日

# 幻肢痛の当事者研究 一

そもそもこの幻肢痛を引き起こした切断手術とはどんなものだったのか補足する。

遡ること一二歳の誕生日。どこかにぶつけてしまったのか、成長痛なのか右足の痛みが続いていたので病院へ行くと、膝下あたりの骨に骨肉腫が見つかった。すぐに入院となり数カ月にわたり抗がん剤治療を続けて腫瘍の活動を抑制した後、膝上から足首までの骨を切除し、膝関節の代わりとなる人工関節を入れる手術を受けていた。今回、その人工関節が刺さっている大腿骨部分が感染症を起こして骨が溶け出していることがわかったのだ。そのため切断を提案されたわけだが、具体的には感染症を起こしている大腿骨から先を切断するというものだ。

医師の見立てによると、僕の場合はちょうどいい長さで大腿骨を切断できそうだということだった。ちょうどいいというのは、切断後につける義足をうまく使うために影響する残された足の長さのことだ。義足をつけた際に左足の膝と同じくらいの高さに膝のパーツを持ってくるためには、適度な長さを温存して切断する必要がある。僕の場合は足の付け根からおおよそ二〇センチくらい足が残せることになった。切断した足の先端は肉の塊なので、むちっとした愛らしい印象となる。大腿骨で切断することを大腿切断、温存された部位を断端《だんたん》と呼ぶ。

術後から三日程度は要安静だったので、強まっていく幻肢痛の緩和として色んなことをベッド上で試してみていた。

**(一)ノリツッコミ**

自分の中で「いやぁー、右足首が痛くて。……って右足無いじゃん!」と唱えることで、切断されてるという情報を第三者目線で指摘し、右足が無いことを思い出させる。

**(二)痛みのある空間を手ですくって捨てる**

痛みを感じる辺り(具体的には断端面から四〇〜五〇センチの空間)を手で払ったり、空間を手ですくってベッドの脇に捨てる。いわゆる〝痛いの痛いの飛んで行け〟方式。

これらは効果あるんだか無いんだか、というかほぼ無かった。(一)はたまーに、効いたか?みたいな瞬間はあったけど、たまたま痛みが引いただけ、もしくは気が紛れただけかも。

一二月二日の朝にはドレーン（手術した患部から血を抜くために挿入されていた管）等の管が抜けて車椅子移動が許可された。ただし術後四～五日経つと、先述の緩和実験を試す余裕が無いくらい幻肢痛を常時感じるようになった。

常に足が痺《しび》れて怠《だる》い感覚が襲ってくるので、他の作業で気を紛らわせていないとベッドにいるのは辛いので、車椅子で散歩をしたり日記を書いたりしていた。しかし、三日の晩は痛みで寝られず、翌朝から神経系の薬が処方された。

出された薬は多少効き目があるのか夜は少し眠れたけど、症状自体を治すというよりも神経を落ち着かせる薬なので、幻肢痛がパッと無くなるわけじゃない。薬の有無に限らず、幻肢痛を感じなくなるのだろうから、現時点で感じていることをできるだけ記録しておきたい。

術後一週間経って、幻肢痛の発生場所やパターンがわかってきた。

## 幻肢痛が発生する場所

前回も書いたが僕の場合、幻肢痛は断端から足のラインに沿ってまっすぐの場所で起こる。途中に物体があっても関係無くその空間に痛みを感じる。

## 幻肢は重力でしなった

常に直線かと思っていたけれど、実は足の角度によって若干痛みを感じる空間の位置が変わっているということに気がついた。ベッドに横になった状態で断端を九〇度近く上に向けると痛みの位置が少し下がる。

## 幻肢痛のパターン

### (一)漠然型

・術後早い段階から続いているもので、漠然と足首の辺りが痺れている。
・何もしていないと常時この痺れがある。
・痛みよりも痺れている感じ。
・断端面から四〇～五〇センチ程度のところに、直径二〇センチくらいの痺れの塊があるイメージ。明確な足の形は感じられない。

### (二)足裏型

・足の裏一面にジンジンジンと鈍痛がある。

漠然型

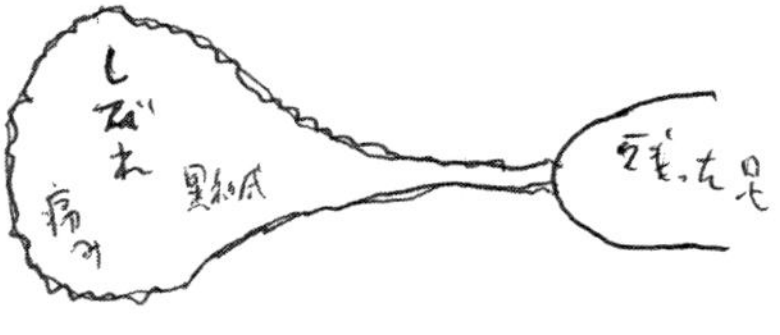


・断端から40〜50cm先、直径20cmくらいのしびれのまとまりがある。

・痛みよりも常時しびれてる。

足裏型

・足のウラ面がいたい。鈍痛。

・かなり明確な痛みの場所がわかる。

・イメージ上の足をさわっても良くならない。

局所発火型

・足先の特定の場所がとつぜん痛くなる。（右足のくすりゆびとか）

・今のところ1番痛い。

・一瞬でおわる。

連続することが多い。

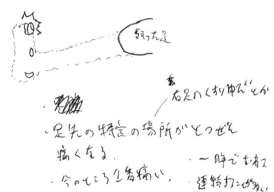

・かなり明確に痛みの場所のイメージがあり、空中に固定されている。
・足の裏が鉄板になったような感覚。
・突然痛み出し、長いと一五分くらい続いて自然に収まる。

**(三)局所発火型**

・明確なイメージ上の足にバチンッ!と痛みが走る。例えば右足の薬指、かかと、土踏まずの辺りなど。
・全パターンの中で一番痛くて、残った足がビクンッとすることがあるくらい。でも痛いのは一瞬。
・一回発火して終わりじゃなくて、複数回連続することが多い。

## 幻肢をコントロールすることは可能なのか

痛みのパターンを考えながら思い出した話がある。

現象学の哲学者であるモーリス・メルロ=ポンティが『知覚の現象学1』(竹内芳郎・小木貞孝訳、みすず書房)の中で身体空間について考えるために採用していたシュナイダー症例というものだ。戦争で脳の一部にダメージを受けた兵士の名をつけられたこの症例は、運動を「抽象的運動」と「具体的運動」に分けている。

抽象的運動とは、「頭の上に左手を置きなさい」など指示された動作。具体的運動は蚊に刺された箇所に自然と手が行く動作のこと。

脳のある箇所にダメージを受けたシュナイダーさんは、抽象的運動を指示されると身体全体をもぞもぞさせて、左手や頭がどこにあるのかを時間をかけて探しながらでないと達成できなかった。一方、具体的運動はすぐに身体が動いたそうだ。つまり空間の客観的な定位がわからなくなっている状態らしい。だからまず自分の身体を動かして、各部位がどこに位置するのかをマッピングすることで、指示された部位を探し出すそうだ。

幻肢痛のパターンを考えながらこのシュナイダー症例が頭に浮かんだ。どのパターンにしても痛みが発生するエリアは残った足の延長線上だということは、足はまっすぐ生えているものだろうという、客観的な事実かつ主観的な空間把握によってかなり限定されている。足裏型、局所発火型は痛みが走れば蚊に刺された時のように痛い場所へ無意識に手を運ぶこともできる。ということは、やっぱり本人の空間把握によって場所が決定している。

痛みの発生する位置や重力でしなることを考えると、把握している空間は元々ついていた四肢の感覚に依存している。一方で、痛む場所までの間に物体があっても関係無いということは、客観的な空間から受ける影響はほぼ無いということ。ただし、しなる場合はべッドに横になっている時だけだから、これは身体の客観的な定位と関係している。ということは重力に影響されるなら、鉄棒とかにぶら下がったら幻肢はそのまま下に伸びるなんてこともあるのだろうか。

つまりは思い込み可能な環境を設定すれば、もしかしたらコントロールできるんじゃないだろうか。コントロールというか思い違い。

今のところ、自発的に痛みを飛ばそうとしてもまったく効果は無い。例えば数十メートル先に痛みを移動させたり、もっとふわふわと痛みのエリアを分散させたり。

今回のパターンの考察などは、北海道で活動する「浦河べてるの家」の当事者研究を参考にしている。当事者研究とは疾患の当事者が自分の変化を研究するというもの。統合失調症と呼ばれる状態にある人たちは、幻肢痛のように自己の知覚が肉体の存在から極端に収縮したり拡張されたりすることで、本当なら知覚できないような場所の出来事を認識してしまっているのではないだろうか。

幻肢痛ってなんだかロマンティックな比喩に使われる気もするけど、実際はまぁ確かに痛いし、個人差はあれど、これが何年も続くとか辛いだろう。でも、幻肢痛の場所が延長できたらどうなるのだろうか。認識の延長。

遠くの人を思いやる。存在感を消す。隣人を愛せ。渋谷は俺の庭。こういう所作や発言も認識の延長のひとつなんじゃないかとかも考える。
なんかこう、ロケットパンチ的に幻肢が突然飛んで行ったりしないかな。

## 二〇一九年一二月六日
# リアルとファントム

受け流す　struggle　不安と雲隠れしてる　アマ　ファントム

DyPRIDE（SUMMIT『Theme Song』より）

幻肢痛は英語でファントム・ペイン（またファントム・リム）と呼ばれる。ファントムとは幻影と訳せばいいだろうか。冒頭の文章はラッパーDyPRIDEのリリックの一節である。僕が好きなラッパーの一人だ。

突然だけれども、ここで少しだけHIPHOPへの関心を綴る。

僕は一二歳の頃にHIPHOPに出会った。きっかけは当時公開されていた『凶気の桜』という邦画の主題歌をキングギドラというグループが歌っており、これが初期衝動となった。

HIPHOPに興味を持った理由は、音楽が生まれた背景にあるマイノリティの人々の歴史や抵抗の姿勢に、当時病院の中に閉じ込められ、障害者となっていく自分の状況が重なったのと、ラップに文学的な面白さを感じたからだった。

最近はMCバトルも人気だし、そこでもよく「リアル」という言葉が出てくるのを聞いたことがある人も多いのではないだろうか。

「リアル」に紐づいてストリートだとかクスリの話とかが絡んでくるけど、要するに「本当に自分で見聞きした実体験で考えて行動してんの?」ってことだと解釈している。

そこにはHIPHOPが一人称から出発する語りを大事にする面白さがある。好みが偏っているので語弊もあるけど、JPOPが多くの共感を呼ぶ抽象的な愛や希望を語るのに対して、HIPHOPが語るのは〝俺〟が見てる目の前の風景であり、それは私小説的とも感じられる。キングギドラのメンバーでもあるZeebraの『真っ昼間』なんて、歌詞の内容は遅く起きて出かけるという大した出来事も無い一日の話だったりする。

そんな視点を、韻を踏んでいくことで突然話を飛躍させたり、トンネルを抜けて情景が移り変わるような文学的なダイナミズムを生む。例えばANARCHYの『Rainy Dayz』「目に焼き付いた団地　路地裏に公園　15の俺に火をつけた証言」というリリック。この〝証言〟は日本語HIPHOPでは金字塔と言えるLAMP EYEによる『証言』を指しており、一五歳の少年が見てきた風景から転じてHIPHOPと出会う物語となる。

リアルであることは、自身の身の丈の話を突き詰めていくことに近いのではないかと思うのだけれども、それだけじゃないのがまたHIPHOPの面白いところで、冒頭で紹介したDyyPRIDEのように、どこか浮遊感のある内省的なリリックを紡ぐラッパーもいる。

HIPHOPにおいてリアルとは、個々の価値観がむき出しになってぶつかるものなので、それぞれのスタイルに違いがあって当然だ。

リアルというと思い出すのが、一九九九年から連載された車椅子バスケを題材にした漫画『リアル』（井上雄彦、集英社）である。登場人物の様々な苦悩が、車椅子バスケを通して交差していく物語だ。僕も骨肉腫が見つかる前からバスケをしていて、人工関節となった後も十代は車椅子バスケに真剣に打ち込んでいたので当然読者だった。

漫画の中では色々な境遇で障害を負った人物が登場するが、それこそ実際の選手にも様々な理由がある。ここに勝手に書くことはできないが、チームメイトや出会った先輩たちも、お互いの障害を持つ理由を持ちネタのように笑って聞いたりしている。僕も当初、障害を聞かれ「骨肉腫です」と答えたら「なんだそれだけか」と言われた。もちろん悪気はないし、あっけらかんとそういうことを言い放ったりする世界だった。

それはそれぞれの「リアル」があることを、みんな痛いほど知っている人たちだからだ。そういうリアルを経験してこの場所にいる。

僕のリアルもまさに進行中。幻肢痛は相変わらず常時ある。些細な変化もあるもので、今朝初めて膝の辺りの幻肢痛（局所発火型）があった時は、まだ経験していないことがあるぞとわくわくしてきた。

数日前から神経障害性の痛みを緩和するリリカという薬が処方されていたのだが、昨晩から量が増えたせいで今日は日中も頭がぐわんぐわんしてしまったので、薬を変えてもらうことになった。いずれにしてもしばらくは、神経系の薬を飲んだ方がいいらしい。結局痛みを緩和するための医学的な対処は、薬で神経を落ち着かせましょうってこと。要するに足の問題じゃないってことだ。

前回では、思い違いを起こさせれば幻肢がコントロールできるんじゃないかと書いた。一週間幻肢痛を経験してみて、人間の感覚の可能性みたいなものはますます感じてしまう。四肢が欠損したことで、身体の中のエネルギーが右足から飛び出しちゃっているような。痛みも何かの信号だ。でもその痛みは物理的な外傷とは違って、身体の中のエネルギーとそれを覆うはずの肉体の間で誤作動しているだけなのだろう。

ファントム・ペイン。

この右足のファントムは誰のリアルから生み出されたのだろうか。

今日は義肢装具士と義足（正確にはまずは断端面を覆うライナー）を作るための計測や話し合

いがあった。やってきた義肢装具士さんは、一二歳の時に初めての装具を作ってくれた人だ。病室での一八年ぶりの再会に、お互い大盛り上がりした。

良い義足を作ってくれそうだ。

二〇一九年一二月七日

# 幻肢痛の当事者研究 二

術後一〇日ほどの間は幻肢痛について文章を書き残すことが、いい気晴らしになる。車椅子移動やリハビリ、神経系の薬の処方を数日行なう中で、以前の幻肢痛のパターンに随分と変化が現れた。

ちょうどリリカ（前回合わなかった薬）の処方量が増えた頃、右足の膝あたりに「局所発火型」の幻肢痛があった。膝周辺は元々人工関節が入っていた場所で感覚も少し鈍かったので、ここも痛むのかと新鮮な驚きがあった。そして常時の痛みが「漠然型」と「足裏型」が合体したような、強い足裏のイメージがジンジン痺れるものに徐々に変わってきた。

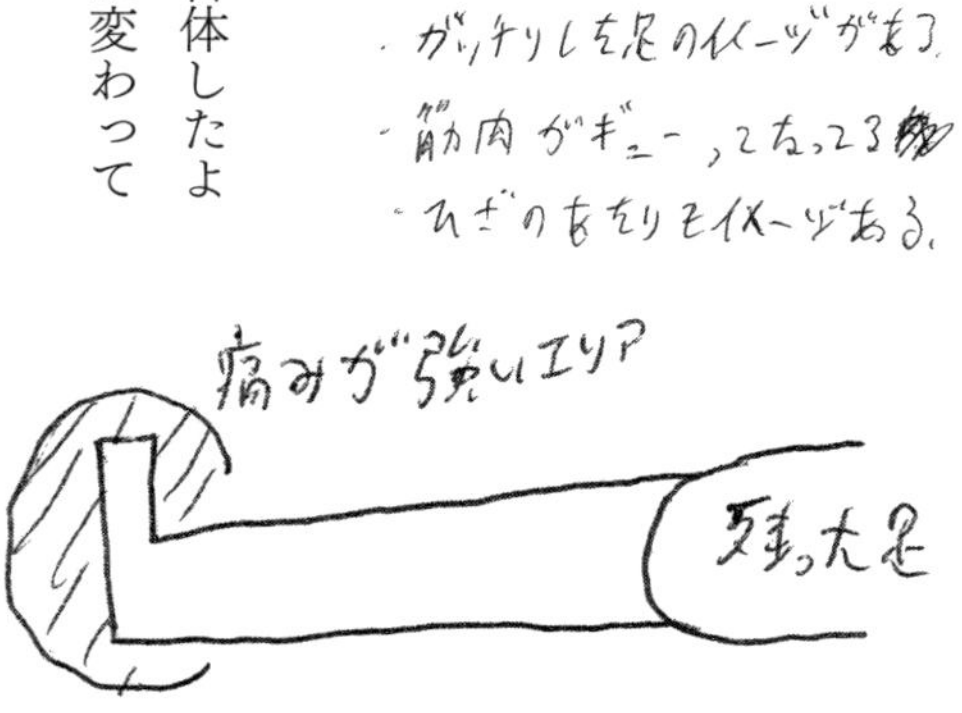
・ガッチリした足のイメージがある。
・筋肉がギューってなってる
・ひざのあたりもイメージある。
痛みが強いエリア
残った足

それが一週間ほど経つと、右足くるぶしから先の幻肢のイメージが明確になり、痛みがその幻肢に凝縮されると同時に、断端面からくるぶしまでの空間も僅《わず》かに幻肢の輪郭が感じ取れた。この感覚はかなり強く現れて、足の痛みでふと手を伸ばしてしまい、ベッドを触って「あ、無いんだ」と気がつくくらいだった。しかしこの幻肢は足というよりももう少し固いプラスチックっぽい印象の足で、ぎゅっと身体の内側に突っ張った感覚だった。

足一本通しての幻肢のイメージが強くなったおかげで足の上げ下げ以外にも、断端をひねることで幻肢を回旋させることができるようになった。

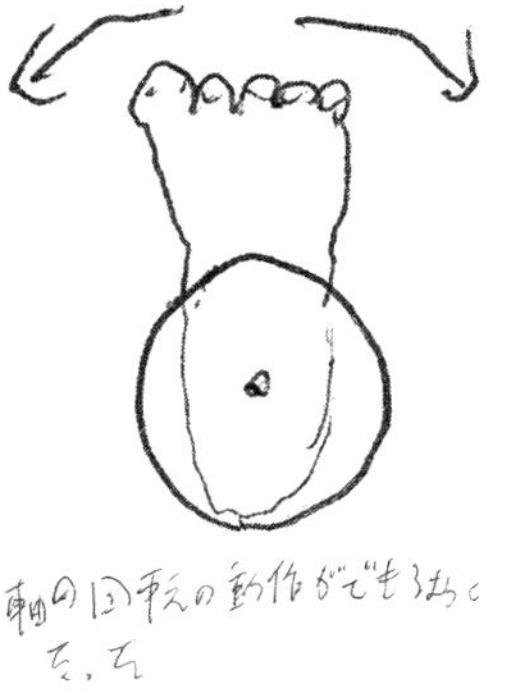


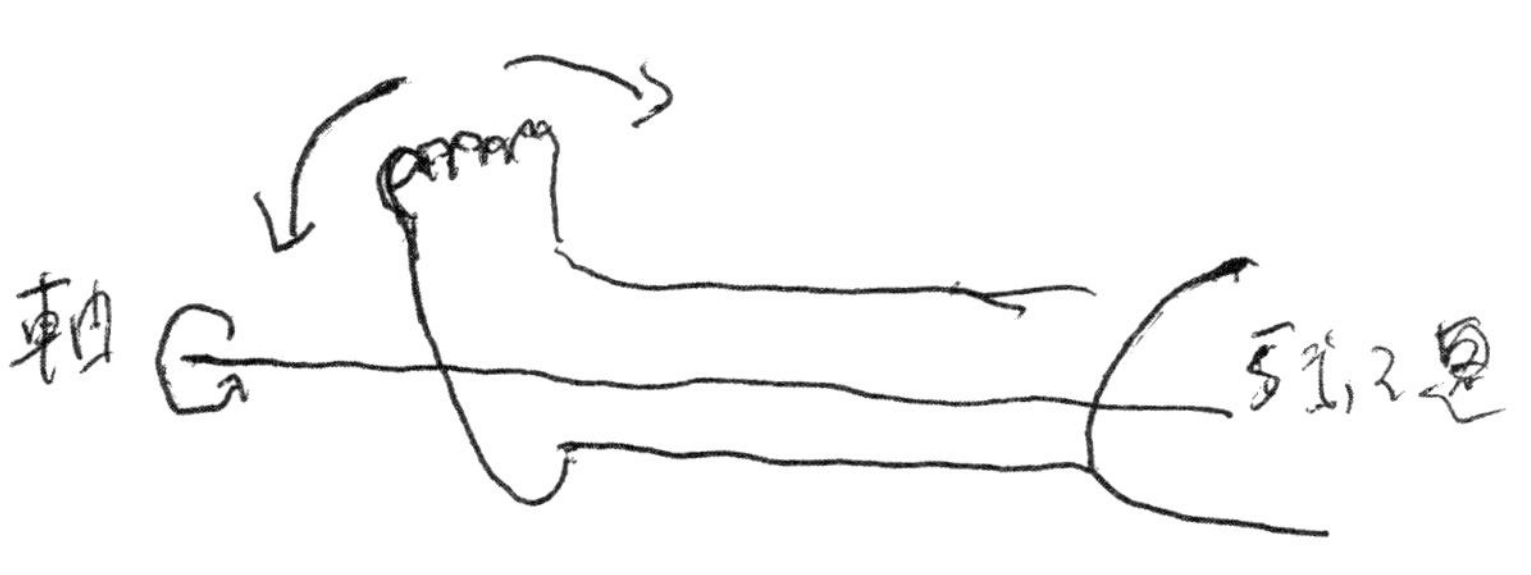

その頃、骨肉腫で入院した一二歳の時に知り合った骨肉腫サバイバーのO君がお見舞いに来てくれた。

O君は僕と数日違いで同じ病棟に入院した同世代の友人で、一〇年ほど前に同じく右足を切断し、自身の経験も活《い》かしながら医療関係の仕事に従事している。一緒に骨肉腫を生き抜いたO君。かなり久しぶりだったが一目見てお互いわかったし、なんだか安心感がある。使用している義足のセッティングなどを色々聞き込んだ。

幻肢痛についても聞いてみると、

・昨日久しぶりにビリビリッとした幻肢痛があった。こういう痛みはたま〜にだけ。
・一〇年経っても日常的に痺れた感覚はある。
・義足をつけたから幻肢痛が軽減したって感じでもない。
・術後当初は「足裏型」と同じ幻肢痛があった。

ということらしい。

人によって全然違うのかと思いきや、本当にいくつかのパターンがあるのかもしれない。

時間が経つにつれて耐えられる程度の日常的な痺れに落ち着くっぽいけど、だとしたら尚更それまでに開発できる可能性は考えてみたいな。

それにしても幻肢のイメージが足の輪郭を取り戻してきた途端に、常時の痺れもかなり重くてビリビリしたものに変わってきた。

幻肢をさするとかは全然効果が無いから、痛みのコントロールももっと考えていきたい。

第2章

# 幻肢という「不確かさ」

二〇一九年一二月一〇日

# 幻肢は宇宙でも足のイメージを保つのか?

入院前に精神科医の友人と、統合失調症の心的距離と幻肢痛の類似性について話したことがある。実際に手術をして幻肢痛が現れたので、「無いものの存在」について語りたくて、病院に来てもらい雑談をしたのだった。

## 妄想としての幻肢

精神科医の彼との雑談は、幻肢も一種の妄想体験かもしれないということから始まった。まず、統合失調症の人は自我が短縮している状態だと解釈されるらしい。そこには常に他者との心的距離の変化が関係してくる。短縮したことで生じた本来の自我との差異が、幻聴などとして現れたりすると解釈されるそうだ。

本来は自分の自我で充《み》たされているはずの輪郭があるとしたら、自我が小さくなってしまったことで輪郭との間に空白が生まれる。その空白が他者のイメージを伴って幻聴を誘発するというイメージだろうか。

一方、幻肢痛は他者との関係ではなく、自我と自分の肉体との物理的な差異によって生じる一種の妄想体験に近いのかもしれない……。

## 理想的な身体イメージ

そんな幻肢痛と身体イメージという点で近いと思ったのは、絶食などの症状を起こすアノレクシア（神経性無食欲症）である。アノレクシアでは、どんなに痩せていてもまだ痩せなくてはいけないというネガティブな身体イメージがつき纏《まと》う。客観的なイメージとは別の、自身が求める身体イメージに支配されてしまっている状態だ。

それでは幻肢の理想的なイメージを求めることはできるのだろうか？

スラッと長い足、筋骨隆々な足、クネクネと曲がる足などなど……。幻肢の症状をポジティブな身体イメージとして想像することで、幻肢痛の緩和に繋がる糸口が見つかったりするかもしれない。

## 幻肢の時間軸

それと、もうひとつ面白い指摘が「幻肢痛に時間軸はあるのか」という投げかけだった。統合失調症の人は、よく未来に起こるはずのことを現在形で話したりするそうだ。時系列が混乱した状態は周囲から見れば不可解な言動かもしれないが、自我を現在にのみ存在させるのではなく、未来までを含めた時間軸の中で形成することで、自我の空白を保つ戦略なのかもしれない。

幻肢痛の痛みはどこから来るのだろうか。これまでは痛みが発生する場所やパターンを考察してきたが、痛みがやってくる場所には想像が及んでいなかった。痛みはこれまでの身体記憶の再生なのか、それともこれから起こることの予感が痛みとして現れているのか。

## これは痛みじゃない

幻肢を自我の尺が変化することによって引き起こされる妄想体験だとしてみること。幻肢をポジティブな身体イメージとして捉えようとすること。幻肢痛の痛みを現在だけではない時間軸で考えてみること。雑談を通して気がついたのは、幻肢痛の「痛み」は、本当は痛みじゃないのではないかということだった。

足を動かそうと命令を送っても当然足は無いのだからフィードバックが無い。つまり幻肢を動かすには足の筋肉とは違う回路で命令を送らなくてはいけない。その無いものへの働きかけが、通常の心や身体の信号では伝達がうまくいかず、そこで生じる誤作動がひとまず〝幻肢痛〟として知覚されているのではないだろうか。

本当は「痛み」じゃないこの伝達は、過去または未来からのファントムかもしれない。

## 幻肢は宇宙でも足のイメージを保つのか？

最後に彼から「宇宙に行ったら幻肢はどうなるのか？」という問いをもらった。

僕の妄想は広がっていたので、地球を飲み込むような幻肢ができたら面白いねと話していたが、彼からは「幻肢が過去の身体記憶に依拠しているなら、無重力空間でも幻肢だけが重力を感じているかもしれない」と指摘された。

確かに！

幻肢だけが重力を感じているって、どんな感じだろうか。そもそも本当に無重力空間でも幻肢をイメージできるのだろうか。

現在様々なところで行なわれている当事者研究もそうだけど、幻肢痛も「痛み」ではないという可能性を考えて付き合ってみると、もっとポジティブな身体イメージとして今後の義足の歩行訓練などに活かせるかもしれない。

## 二〇一九年一二月一四日
# 幻肢という「不確かさ」

術後二週間ほどが経つと断端の傷も綺麗になり、感覚も戻ってきた。来週中には退院とのことでひとまず安心。

幻肢痛はと言えば、術後一〇日頃から痛みの質が変わってきた。今までは足首周辺くらいしかはっきりした感覚は無かったが、徐々に足一本丸ごとあるように感じるようになってきた。それと同時に足裏に感じる痛みが鈍痛になり、結構な頻度でやってくる。

夜もなかなか眠れず、どうにか寝ついても何度も起きてしまうのでそれなりに辛い。

それと足一本のイメージになってから突然幻肢が曲がるようになった。

意識して曲げることはできないが、ベッドで横になっている時と車椅子に座っている時以外の幻肢はほぼ九〇度に曲がっている。曲がっている感覚はわか

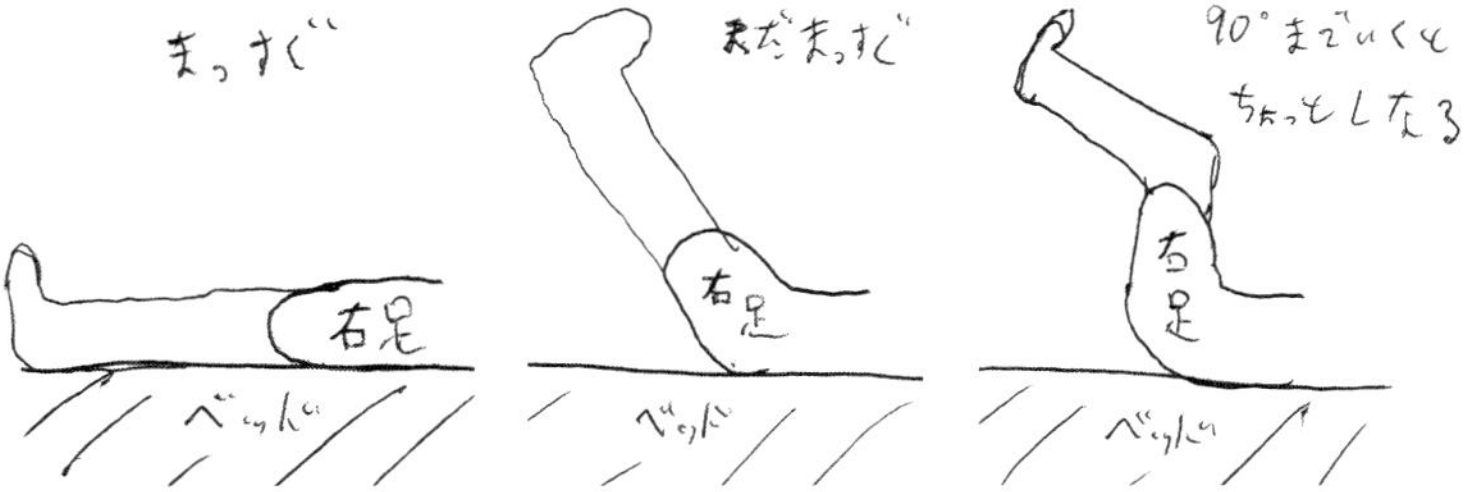

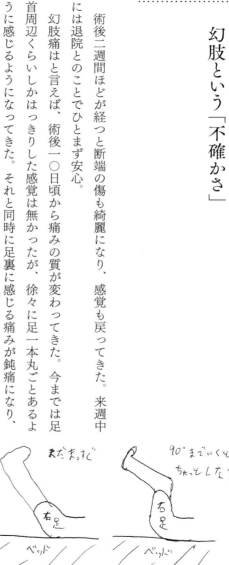

らないが、足先の痛みが膝を曲げた位置に感じるようになった。この痛み（本当は痛みじゃないかもしれないけど）はどうやったら治るのだろうか。病室を訪れる整形外科医や看護師、理学療法士を捕まえてはやたらと幻肢痛について話を振ったりしている。

ある日訪れた薬剤師にも同様にいくつかの質問を投げかけていた。「今飲んでいる薬以外でも幻肢痛に効くものはあるのか？」「どうして神経系の薬で対応するのか？」などなど。すると丁寧に悩んでくれたあと面白い返答があった。

「薬は（身体が）あるところにしか作用しないですからね……」

その通りだなと思った。飲み薬が自分の身体ではない箇所に作用するはずはない。ただ、妙に〝医学〟っぽい回答に、幻肢痛の奥深さを感じてしまった。ミラー療法然《しか》り、いくつかの治療法や事例があることは知っている。でも別に僕は幻肢痛の治

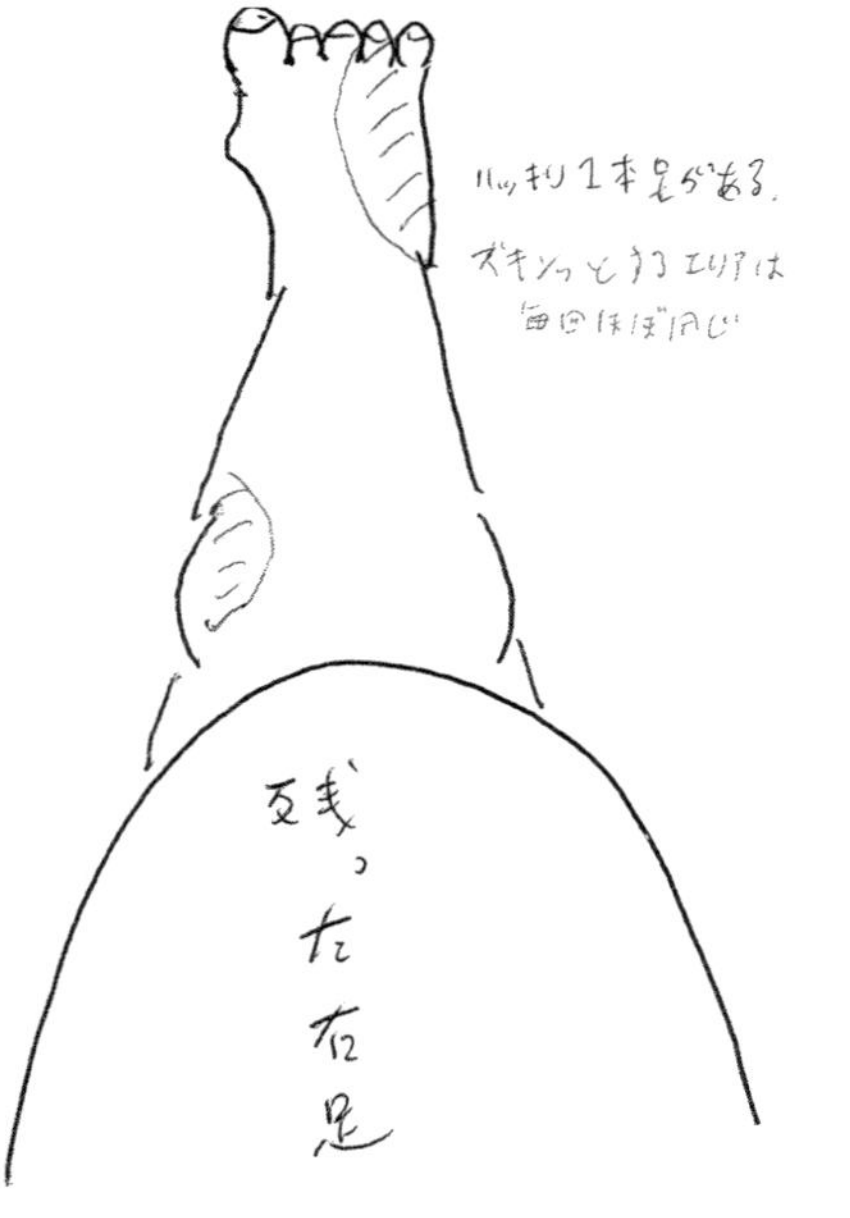

療日記を書きたいわけではない。この薬剤師の一言から、自分が幻肢痛という「無いものの存在」をなぜ追いかけてしまうのかを改めて思い出させられた。

僕が幻肢痛に何か可能性を感じたのは、自身のアートに対する向き合い方との繋がりが感じられたからだ。それは常に自分の身体のあり方と思考の結びつきを意識していたからでもある。

足が無いのに確かにその存在を感じた時、その矛盾した状況の中で「いや、もう足は無いのだ」とキッパリ頭を切り替えることも、「あぁ……足が無くなってしまった」と感傷に浸ることもできず、ただただ見えない右足を感じ続けるという「不確かさ」の中を漂う感覚が妙に心地よかった。

この「不確かさ」を肯定する試みは本書を通底している姿勢のひとつであり、僕を支えてくれているアートというものと共鳴するものでもある。みなさんは「アート」と聞いた時に何を考えるだろうか？　絵画や彫刻など作品を思い浮かべる人もいれば、美術館などの施設を連想する人もいるかもしれない。または美しさなど少し抽象的な概念を思い浮かべただろうか。もっと関心のある人であれば、青木はどんなものをアートと呼ぶかお手並み拝見といった気持ちかもしれない。それとも、まったく未知のものだから本を置きたくなってしまっただろうか。

アートが本書にとっても大事なテーマであるとはいえ、それを定義づけることは到底手に負えることではないので、これはあくまでも「青木にとってのアート」と受け止めていただければと思う。僕はアートとは不確かな状況の中で、力の強い言説に流されずに自分の真理を求めて考え続けるための、ヒントを与えてくれるものだと考えている。

「私、アートって全然わからなくて……」という前置きをする人と多く出会うのだけれど、僕はアートってわからなくてもいいと思っている。反対に言えば、世の中にわかっていることなんてそんなに多いものだろうか？　もちろん、知っていればより深く理解できること、楽しめること、便利なことはある。アートだって、その作品が生まれた時代背景や過去の作品との関係性、作者のことを知ることで鑑賞体験が豊かになることはある。でも、そうでなければ鑑賞できないわけではない。むしろ、そうした知識無しに鑑賞することで「どうしてだろう?」という問いがたくさん生まれるのではないだろうか。アートとはそういう問いをたくさん内包しているものだ。そしてそういう問いは、自分の想像の限界を押し広げてくれるストレッチになったりする。アートとは、そうやって自分自身を更新してくれるものではないだろうか。

骨肉腫になって入院している時も、そして右足切断という状況にいる今も改めて確信したことがある。それは、僕はアートに救われたということだ。アートが自分の想像を超えるものを受け止める糧となり、答えの無い不確かさの中を漂う命綱のような存在だった。だから僕はアートとは「生きるための術」だと言い切る。

圧倒的な矛盾をぶつけてきた幻肢痛も、まさに自分の想像の限界を押し広げていくものだった。決して障害がアートだなんて短絡的には考えないで欲しいけど、幻肢痛のような症状を発揮できる人間の身体の創造力に衝撃を受けたのは確かだった。

幸い僕は精神的には既に切断の準備はできていたし、なんなら楽しみにしていたこともあり、幻肢痛は新しい感覚を開いてくれる可能性に満ちたものだった。

不確かさに溢れた幻肢痛。「無いものの存在」とも言えるそれは、何も無いという否定でも、何かがあるという期待とも違う、もっとどっちつかずの「もの」が粛々《しゅくしゅく》と佇んでいるようなのだ。

それに近い感覚を言い当てたのは宮沢賢治だろう。

わたくしといふ現象は
仮定された有機交流電燈の
ひとつの青い照明です
(あらゆる透明な幽霊の複合体)
風景やみんなといつしよに

せはしくせはしく明滅しながら
いかにもたしかにともりつづける
因果交流電燈の
ひとつの青い照明です
（ひかりはたもち　その電燈は失はれ）

（宮沢賢治『春と修羅』より抜粋）

自分のことを確かな存在ではなく、「明滅しながらいかにもたしかにともりつづける」照明という現象、と捉える宮沢賢治。彼の中には、どんな幽霊の複合体＝ファントムがエフェクトしていたのだろうか。

僕はもうしばらく幻肢という不確かさと向き合っていかなくちゃいけないらしい。というか最近幻肢痛について考え過ぎているせいで痛みが減らないのかもしれない。まるっとした断端がこちらを見て笑っている（お試し用のライナーをもらったのでこれから断端を絞っていかなくては！）。

## 二〇一九年一二月一七日
# 「痛み」の決め方

「今の痛みを〇～一〇で言うとどれくらいですか？」

術後毎日のように看護師や医師から聞かれる質問がこれ。数字が前日とどう変わっているかを見て、良くなっているか判断材料にするのだろう。

でも、そんな簡単に痛みを〇～一〇で簡単に言い当てられるものだろうか。

正直毎日この質問を投げかけられて嫌になってきていた。朝晩で交代する看護師から毎回のように聞かれる。

嫌になる理由は、主観的な一〇段階の評価を共有したところでお互い大したリアクションの無いやりとりだということ以外に、「痛い」ことを前提とした質問が身体をネガティブにしているということだった。

これまでも「幻肢痛は痛みじゃないのかも」と書いたが、この質問は患者の幻肢感覚を

「痛み」と断定して問いかけてきているのだ。数値で患者の状態を把握しようとすることは簡単に言えば〝管理〟じゃないだろうか。ほとんどの医師や看護師が経験したことが無いのだから、幻肢痛という状況に対して、そもそもそれは本当に痛みなのかという問いから共有してくれる姿勢があっても良さそうな気がする。

確かに、ビリビリした感覚は常にあるし、夜は寝つけないくらい幻肢がズキズキする。これはいわゆる痛みと呼ばれる類の感覚かもしれない。でもそこに右足は無い。この感覚をなんと表現するかは、失恋で落ち込んでいる友人に寄り添うくらい慎重に言葉を選んで欲しい。

これが本当に「痛み」なのかどうか。

そこから出発して言葉を交わさないと、安直に痛みのレベルを聞き続けるだけでは、これが一〇段階に分類される痛み以外のものではなくなってしまう。質問される側は「そうか、これは痛みなんだ」と信じ込んでしまう。

もちろん、四肢を切断した人は、幻肢痛は辛かったと語るだろうし、それは実際に今自分が経験している。ただ、それでも無い足を感じるこの感覚を、痛いとだけ認識して、薬を飲みながら痛みが薄れることを待っているのは、もったいない気がしてならない。

## 二〇一九年一二月二四日
# 切断は欠損ではなかった

退院して数日が経ち、病院よりも動き回る分やはり体力の低下を感じているけれど、久しぶりに会う人たちからは「前より元気そうだね」と言われる。確かに切断前よりも身体全体としては調子がいい気がする。

冒頭にも書いたが、自分にとって今回の切断はとてもポジティブな選択だった。

これまでは人工関節の入った足をかばって生活していたこと、人工関節の延長手術によって膝がほとんど曲がらなくなっていたこと、左右の足の長さの違いで背骨や腰に負担がかかっていたこと、炎症によって出てきた滲出液《しんしゅつ》の処置を毎日自分で行なっていたこと、平常の一〇倍近い炎症反応があったこと、ほぼ毎日ロキソニンを飲んでいたことなどなど。細かいことまで挙げれば、曲げられない足ではラーメン屋のカウンター席のように狭い座席に座りにくいだとかキリが無い。これらが切断によって解消するというメリットはとっても大きいものだった。

そういうメリットと同時に、欠損とは何かを考えている。

切断前よりも調子が良くなったのは、かばうべき右足が無くなったことと、炎症を起こしていた根源が無くなったことに尽きるのだが、そこにはもう少し「無いものの存在」を巡るあれこれがある。

それは、かばっていた右足は言い換えると「隠されていた右足」だったということだ。

成人してから会った多くの人が僕の病気や身体の状態をよくわからないまま付き合っている人たちだった。自分も右足について細かく説明もしなかった。お互いフラットに見えてこれが実はあんまり良くない状態だったのかもしれない。

先述の「べてるの家」では、「弱さの情報公開」と言って自分が抱える困難を自分や他人に開いていくことを提案していた。

今まで僕の右足は誰にも公開されていない存在になっていた気がする。かばうことが知らず知らず隠すことに繋がっていた右足。

そんな自分にとっても自分以外の〝もの〟のようななんとも言えない存在だった右足だが、切断を経て幻肢の存在によって二重の反転が起こった。

目に見えるけれども情報が公開されていなかった状態から、目には見えないけれど情報が公開された右足へと反転したことによって、隠されていた右足の存在は、他者と共有しやすいものになり、僕一人で抱える精神的な負担が大きく減ったのだ。だから自分にとってこれは欠損ではなく二重の反転による右足の置換である。

　つまり幻肢は確かに（見え）無い足なのだが、僕にとっては「無い」という存在をみんなで共有することができるとても便利な概念なのだ。

　見えていて隠されていた足を、見えなくて公開された足に置換したことで、行き場が無かったエネルギーがちゃんと循環し出した感じだ。

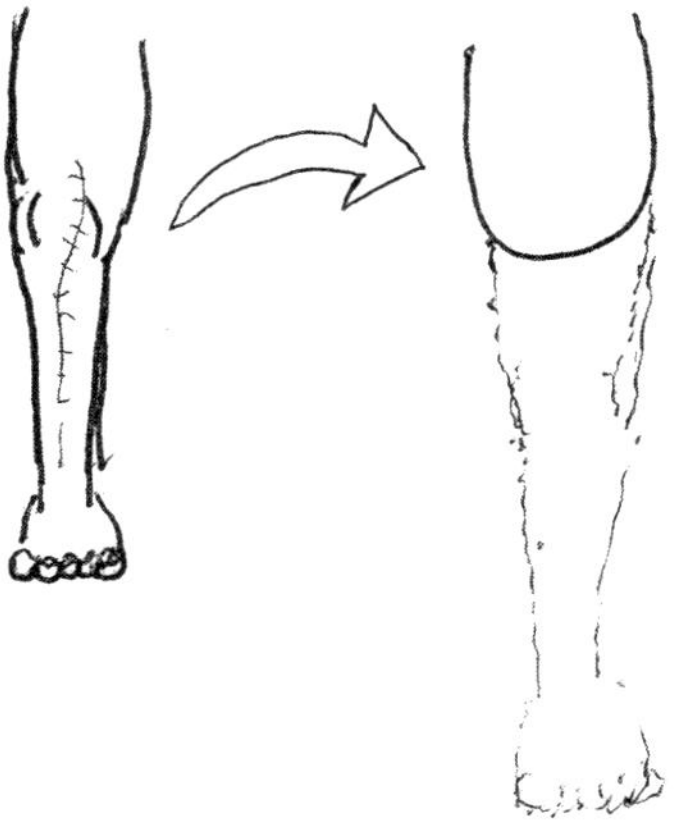

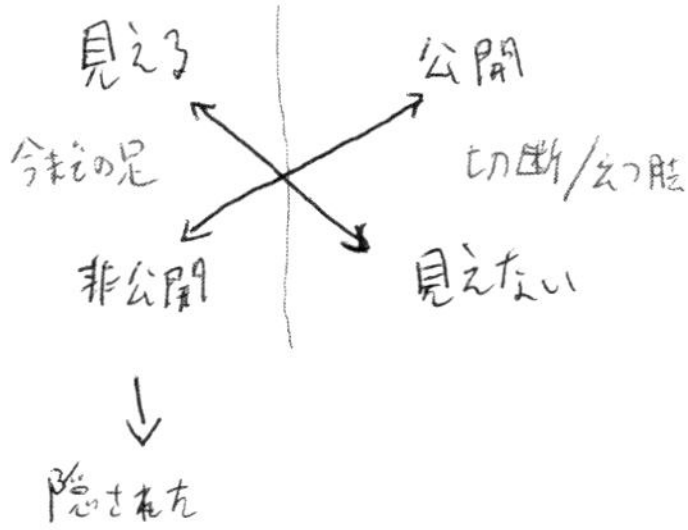

## 二〇一九年一二月二八日

# 目の前の人に幻肢がぶつかる

退院して一週間が過ぎ、移動手段は車椅子から松葉杖へ。

しばらくはデスクワークのみで自宅待機のつもりが、義足も無いまま乗るつもりのなかった電車に乗って何度か仕事や忘年会へ出かけた。

混んだらどうしようかと心配もあったが、幸い実家の最寄駅からの始発に乗れば座れるので一本足で松葉杖でも苦労は無い。

初めて昼間の電車に乗った時のこと。

始発電車の優先席に座って数駅を過ぎると車内が徐々に混み合ってきて、目の前に一人の女性が立った。

その瞬間とっさに、「右足がぶつかる！」という緊張感で全身がビクッとした。

僕の現在の幻肢はだいたいまっすぐに伸びており、椅子に座った状態だと足が前方へ投げ出されている。

切断前の人工関節が入っている時も膝の曲がりが悪かったので、電車とかでは目の前に人が来たらぶつけられるのではというストレスがあった。


今は左足を直角に曲げて深く座り前に飛び出した右足も無いはずなのに、目の前に立った女性に幻肢がぶつかってしまった。

ぶつかったというか、女性の身体に幻肢がめり込んでる。

入院中には無かったシチュエーションなので、一人でドキドキしてしまった。

ただでさえ今までは身体を縮めても曲がらない右足が自身のパーソナルスペースを飛び出してしまう印象があり、今でもその身体感覚が強いので至近距離に人がいるとびっくりしてしまう。それに加えて曲がらない幻肢がくっついていると、目の前に人が立った瞬間思わず声を出してしまいそうになった。


自分の身体（幻肢）が他人に重なっているという感覚はとても不思議だった。入院中も物体に幻肢が重なることはあったけど、相手が人体となると肌が触れ合っているような緊張感がある。他者との間合いがより濃い密度で感じられた。

幻肢痛を感じた当初、幻肢を遠くまで延ばしたりできないかを考えていたが、他人の身体と幻肢が重なる状況は、自分の肉体で到達できない場所へ身体感覚が延びていくという意味では近い体験だったのかもしれない。

でも、幻肢は妄想とどう違うのだろうか。

他人の身体と自分の身体が重なってしまうなんて不可能なはずなのに、そのように知覚してしまうのは果たしてどういうことなのだろう。切断をきっかけに脳を駆け巡る電気信号の回路がおかしなことになり、こうした一種の想像力を駆動させているのかもしれないし、そうだとすればそのきっかけは切断以外の出来事でも誘発されるのかもしれない。

「無いものの存在」を知覚するこの想像力について考える上で、強い実感を伴って言語化することができた言葉がある。それは「切実な創造力」だ。

これはアートを予備知識が無いと理解できないものだと嫌厭《けんえん》したり、高尚で特権的なものとするのではなく、誰もが洋服を選んだり、冷蔵庫のあり物で夕飯を作ったりするような、ありふれた表現の延長として捉えるための座標である。

この「切実な創造力」というものに気がついたひとつのきっかけは、僕の父親の姿だった。

父は舞台監督といって、演劇公演などを行なう際の裏方をまとめる仕事をしていた。仕事に行く時はいつもTシャツにジーパン。仕事場となる舞台裏では雪駄《せった》、髪はセミロングで鼻の下に髭を生やした色黒のおじさん。毎日お酒を飲んで帰ってくることは当たり前で、仕事の前に昼からビールを飲んでいることもあった。僕が小さい頃は旅公演といって地方公演に回ることも多く、家庭の中ではよく「お父さん、来週からしばらく旅だって」という会話がされていた。仕事ばかりしている人で、子ども向けアニメによく出てくるような、いわゆるお父さん的な人とは少し違う、良い意味で距離感のある存在だった。

そんな父は、僕が二〇歳を迎える年に脳腫瘍で亡くなった。脳腫瘍が見つかったのは僕が大学に入学してまだ間も無い頃で、「このまま放っておいたら二週間の命です」と告げられ、その場で即入院となった。そして肥大化していた脳腫瘍を摘出すると、記憶や言語に様々なズレが生じた。術後に名前を聞かれると自分の名前ではなく、よく一緒に仕事をしていた演出家の名前を言うのだった。そして病棟のロビーに行くと、そこを上手《かみて》と下手《しもて》に振り分けていた。客観的に見たら脳を摘出したことによる障害が生じており、普通じゃない言動と捉えられるだろう。

しかしそれを見た時、父親は脳が無くなった自分と現実とのズレをチューニングするために、〝舞台の上で生きている〟という初期設定を自分に与えることで、辛うじて現実に自分を繋ぎ止めているように見えたのだった。それは父親にとって生きるために発揮された、切実な表現だと思えたのだった。傍《はた》から見れば自分の名前も言えない、状況を正しく理解できない人だと思われたかもしれないけれど、彼の命には演劇に携わっていた記憶が鮮明に刻まれていたのではないだろうか。

しかし、そうやって絞り出された彼の表現も、それは彼自身にとって大切なことであり、医学的に治療効果があることでも、美学的に評価できる表現なのでも決してない。彼が彼自身のために言葉や身振りで表現したことは、その切実さにおいて客観的な評価を必要とせず、ただ彼自身にとって生きる上で必要不可欠な表現だったのだ。


同じように世界には、どうにも代えがたい価値観の中で生まれる代替不可能な表現というものがあるはずだ。父親の言動の真意はわからないけれど、僕は表現が父親を救う一助となっているようにしか見えなかった。そして僕は、それはアートとは名づけられない「切実な創造力」と呼べるものではないだろうかと考えるようになったのだ。

アートとは誰もが持っている表現を先鋭化してきたひとつの歴史であり、その中で長い時間をかけて表現を安全に扱う方法や理論、新しい表現を模索してきた。アーティストとは社会や自らの問いに切実に向き合い、表現を織りなしてきた専門職と言える。そうやって表現を深化させていくことは、洋服を選んだり食事を作ること、僕の父親が病棟のロビーを上手下手に分けたこととも地続きにあるはずではないだろうか。

そうした幅広い表現を〝切実さ〟という視点で包括した「切実な創造力」や「生きるための術」という言葉からアートをひも解いていくと、僕自身が切断という状況を受け入れていった心理的かつ肉体的な受容力は、アートによって育まれていたものだと確信したのだった。
そして幻肢痛という状況を観察することは、見えない存在を想像し、命と表現の関係について考えていく手がかりとなると思ったのだ。それはキュレーターとして扱う表現を、鉤かっこつきのアートに限定するのではなく、あらゆる表現と向き合う覚悟を要するものでもある。

幻肢痛を通じてそんなことまで考えながら、徐々に仕事に復帰して忙しくなる中で気が紛れる時間も多いからなのか、幻肢痛は和《やわ》らいできたように思う。夜も少しずつ眠れるようになってきた。

## 二〇二〇年一月六日

# あの本の中の幻影肢

最近、幻肢痛のパターンもみるみる変わってきた。術後間も無い時期から比べたら格段にシンプルになり、発生する頻度も少なくなってきた。特にここ数日は筋肉痛のような刺激が断端の先に広がっていて、足がギーッと引っ張られている感覚が続いている。足先や足裏に鈍痛を感じることはかなり減ってきた。

これは何より環境の変化が大きい。病院にいる時よりも幻肢痛から気が逸れるものが周りにたくさんあるし、松葉杖生活になって身体の使い方も変わった。特に断端を絞るために日中もライナーを装着していることは、幻肢のイメージに強く影響していると思う（義足を履くために、残った足の部分を細く硬くする必要がある。そのため義足を履く前に装着するシリコン製のソケットを日中は着けるようにしている）。

当然幻肢痛がぼやけてくるにつれ、幻肢の感覚も探りにくくなってきた。これまでは常時感じる幻肢痛と合わせて幻肢のイメージは強く残っていたので容易に観察できたが、今はそうもいかない。

足を回旋させた時に強くイメージされる以外は、ふと思い出すように現れるくらいだ。

これまで幻肢痛のパターンを考察したり、幻肢の拡張を試みたり、幻肢について知覚したことを色々と記述してきた。しかし、幻肢を「見た」ことは一度も無いのだ。

幻肢痛を感じた時の幻肢のイメージなどはノートにメモし続けてきたが、あれらは視覚というよりも触覚に近い感覚を頼りに描かれたイメージだった。

だからこれまでの記述でも一番大変なことは、常に自分自身の感覚を研ぎ澄ませなくてはいけないことだった。幻肢痛なんて自分にしかわからないのだから、「幻肢が一〇メートル延びました！」なんて嘘を書くこともできてしまう。

自分が知覚していないことを書き出してしまったら、今度はその記述に自分の知覚が引っ張られてしまいそうだったので、幻肢痛の観察はかなり慎重に行なったつもりだ。


そうやって切断から約一カ月、無いものの存在について考え続けてきた。

いや、考えるというよりも、自分の身体と知覚、そして思考の中へ深く潜るような作業。身体の奥で僅かに知覚される存在の端緒を摑んで浮上する。そんな作業を繰り返している。

特に退院間も無い年末年始は思考を掘り下げるいい時間となった。

切断に対して「幻肢痛が楽しみだった」と書いたが、その発端はメルロ＝ポンティの現象学を大学の卒業論文の主要な議論として引用したことに遡る。実はメルロ＝ポンティの『知覚と現象学1』の第一章には幻影肢（幻肢）についての記述が出てくるのだ。

さらにはデカルトも幻影肢について言及しており、幻肢痛は古くからフランス哲学史の中で意外と重要なモチーフだったりもする。

哲学史上偉大な功績を残す彼らですら体験したことが無い幻肢痛の当事者に自分がなるなんてワクワクしないわけはない。

入院中は様々な幻肢痛が知覚されたのでそれらを忘れないように集中して観察していたが、退院後は実体験をもってこうした書籍を再読することで新たな気づきを得られたように思う。例えば幻肢とは、無くなった身体の部位をただ記憶の中で思い出しているようなことではなく、過去に経験した身体と環境の関係を保持し続けて、現前している感覚であると考えたメルロ＝ポンティの切り口は、幻肢痛を経験する真っ最中には設定する余裕の無いものだった気がする。

そうやって身体の奥に潜って摑んでいた存在の端緒が、過去に読んだ哲学書と接続していく。

もちろん僕は哲学の専門家ではないけれど、〝両義性の哲学〟とも呼ばれるメルロ＝ポ

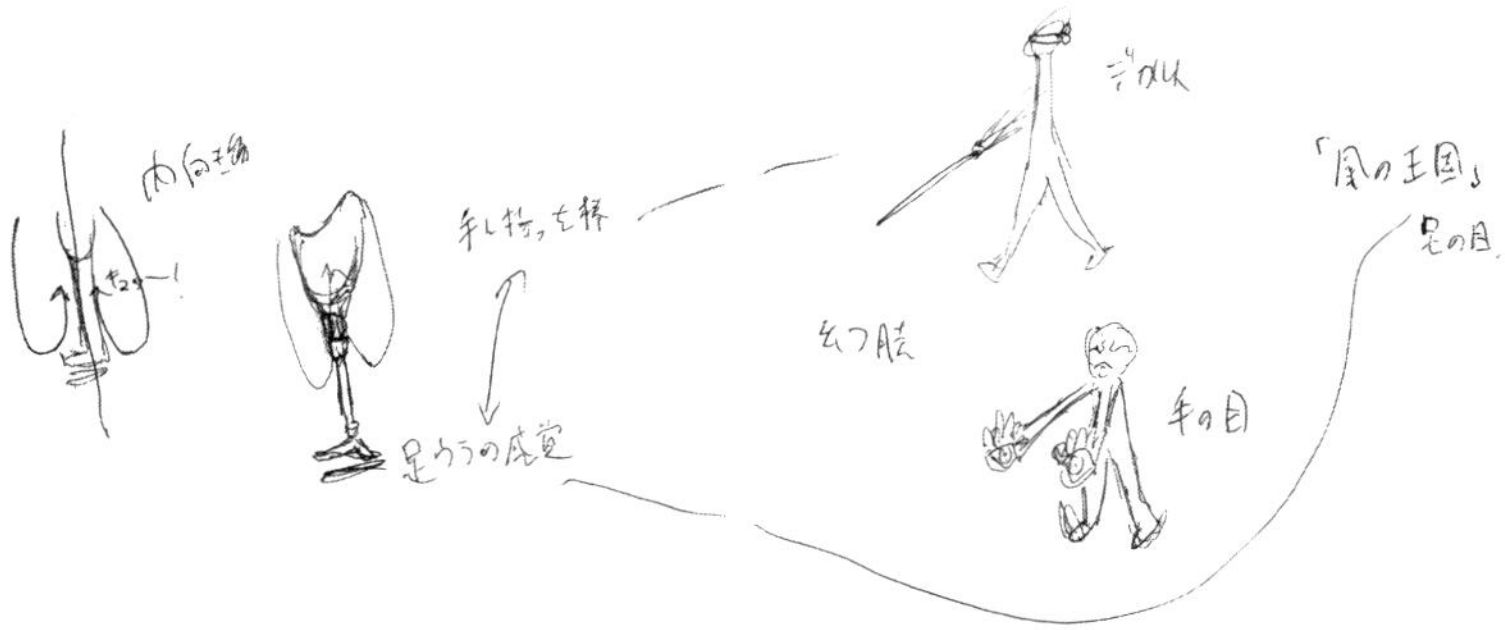


ンティの現象学には、学生時代から多くのことを学んできたつもりだ。やっぱりその哲学に惹かれた理由は、一二歳で骨肉腫を発病し、治療、人工関節への置換手術を通して感じた身体感覚に起因するところが大きいだろう。

　わざわざメルロ＝ポンティの名を出したりしたのは、幻肢痛への関心を振り返るためでもあるが、もうひとつ、アートを含めた人文学的な知がいかに大切かを感じたからだった。

　先日、松葉杖で仕事に出かけた時。駅でエレベーターを待っているといきなり四十代くらいの女性に話しかけられた。女性はちょっとびっくりした表情をしながら「私は在宅介護に関わっているのですが、少しお話を聞かせてください」と言う。一本足で飄々《ひょうひょう》と外に出ている僕の姿に興味を持ったらしかった。

　たまたま乗る電車の方向も一緒だったので、どうして切断したのか、今辛いことはないのか、楽しいことは何かなど、色々質問に答えた。切断しても辛いことはないですよ、という回答に、やたら「前向きな人なんですね！」と感動してくれたのだった。出かけただけで感動してもらえたのだから、こんな積みやすい徳も無いなと思いつつ、あぁそうか、自分は前向きな人なのかとこそばゆい思いをした。

「前向き」という表現を否定はしないが、病気や切断に対しても柔軟に思考し続ける可能性を開いてくれたのは、今まで出会った哲学や文学、音楽、演劇、美術など文化の存在があり、それはただ前を向かせるだけのものじゃない。前後左右でもなく、もっと複雑な次元を漂わせてくれたおかげだ。今こうして日記を書いていられるのも、様々な思考の技術と出会うことができたからにほかならず、アートを「生きるための術」として現在進行形で実践しているところなのだ。

# 第3章

# 踊り出す義足

## 二〇二〇年一月一三日
# 義足は乗り物

いよいよ義足のリハビリ施設を初めて訪れた日、自分の義足を目にして感じたのは、「カッコイイ……」という興奮だった。パーツに関してはそれなりに調べたり、義足の友人に相談したりして選んだのだが、やはり見た目でテンションの上がる義足がいい。僕が選んだ膝のパーツ（Össur社のTotal Knee 2000）は、複数の軸が膝関節の機能を果たすようになっているもので、色も黒光りしている。無骨な機械感にそそられるものがある。

初日は施設への入院に向けた診察と義足の確認が主だったが、試しに義足を着けることになった。二本の手すりの間を歩いてリハビリを行なう平行棒の中で初めて義足を着けて立ってみると、「歩くぞ！」という緊張感と自信がみなぎり、大事な試合前のように気持ちが高ぶってきた。

平行棒を握りながらゆっくりと体重をかけていき、義足で地面を踏む感覚を摑もうとする。体重を乗せていくとソケットがグッとお尻や股に当たって負荷が掛かり、自分の身体に足がある実感が湧いてくる。

僕も切断するまで知らなかったのだが、大腿切断の場合は残された断端面で身体を支えるのではなく、義足のソケットにお尻の骨を乗せて体重をかけるのだ。ガードレールに腰掛けるような感覚でソケットに体重をかけている。慣れてくればいいのだが、初めのうちはソケットと身体の噛み合わせが摑めず、お尻や恥骨が痛くなってしまった。

それでも一歩も踏み出せないなんてことはなく、たった数十分練習しただけでも前に進むだけならできるようになっていった。


平行棒内でしばらく歩く練習をしながら考えたことは、義足は「歩く」というよりも「乗る」に近いものなんじゃないかということだ。

最初はスムーズに歩くことを目指していたが、義足を使いこなすイメージが「歩く」という平坦な運動じゃなくて、「乗りこなす」くらいアクティブな状態を思い描いた方が心置きなく義足に身体を預けられる。

実際に義足で踏み出す時は自分の身体を投げ出して道具に重心を委ねているため、その間はまるで車の中から外を眺めるように過ぎ去る景色と自分の身体感覚にズレがある。

「義足に乗る」と捉えたのにはもうひとつわけがある。

それは「足」という既存の身体に近づけようとすることの限界があるような気がしたからだ。僕の場合、切断前も人工関節が入った右足だったので、既に健常者の足とは異なる。特にここ一〇年は膝もほぼ曲げられない状態での生活が続いていた。だから切断前の足に寄せるのではなく、もっと新しい身体をイメージする方が歩行の習得が容易な気がするのだ。こうして好調と思われる義足への試乗を終えたのだった。

当初は外来に通いながらリハビリをする予定だったが、今後の仕事への復帰や身体の状態を考慮すると短期集中で義足での歩行を習得した方がいいだろうと判断し入院を決めた。僕が入院した時、この施設には他に七名がリハビリのために入院していた。朝から夕方までひたすらリハビリをしており、朝は七時半、昼は一二時、夜は一八時半と、決まった時間に施設内の小さな食堂でみんなでごはんを食べる。まるで部活の合宿である。

## 二〇二〇年一月二五日
# 義足が知りたい

リハビリ当初は補助として平行棒や杖を使っていたが、三日目には杖も無しで歩けるようになっていた。

正直、昔から運動には自信があり、身体の動かし方の要領を掴むのは比較的早い。だから義足もすぐに歩ける確信があったし、幻肢を含めてそのためのイメージトレーニングは繰り返していた。

歩行訓練はもちろんだが、リハビリ施設に入院することのメリットは、義足のパーツ選びや微調整がすぐにできることだ。

義足は選ぶパーツだけでなく、角度や長さなどミリ単位のセッティングの違いで歩きやすさが大きく変わる。構造の異なるパーツを使えば当然歩く感覚も別物になる。安定感があり身を任せられる分、義足に歩かされている感じで面白みにかける自動運転のようなパーツもあれば、自分の身体でコントロールできる感覚が強く、使い方次第でもっといいパフォーマンスが引き出せそうなパーツもある。

順調に義足のコツを摑んでいく僕に理学療法士の方が勧めてくれた膝継手《ひざつぎて》は、他のパーツに比べてとても小さくシンプルな構造のものだった。そのパーツについて理学療法士は「ブラックコーヒー、砂糖ミルクなし」と説明してくれた。要するに無駄な機能は無いから使う人次第ってことだ。ちなみに義足は自分の好きなパーツをあれこれ使えるわけではない。中には高額なものもある。この「高額パーツ」というのが、義足作りの制度においてて複雑な要素だということが徐々にわかってきた。

義足には「仮義足」と「本義足」という二種類があり、それぞれ保険の適用や手続きが異なる。障害の程度や求める義足の性能によってピンキリだと思うが、僕が作る義足はおよそ一三〇万円ほどするものだ。もちろん仮義足も本義足も制作費のほとんどが保険でカバーされるため、自己負担は限られている。

当然、性能の良いパーツほど高額になるわけだが、本義足を作るために受ける各都道府県の判定では、使用者の障害の度合いや就業などにおいて必要となる運動性能、適用される保険の金額などから使用する義足のパーツが妥当かどうかが判断される。そのため、自分の状況に見合ったパーツを仮義足の時点から選んでおかないと、本義足では希望のパーツが認められないという場合もある。当初、僕が気に入った足部のパーツはやや高額なため、仮義足の制作では自己負担が増えることを覚悟して使えたとしても、本義足の判定では許可が下りない可能性が高いとのことだった。

仮義足のセッティングに慣れても本義足で歩き心地が変わってしまったら意味が無いので、最初から本義足の判定も見越してパーツを選ばないといけない。お金と身体、色々考えることがある。

そうやって義足を作るには、理学療法士や義肢装具士とみんなで戦略を立てていかなくてはいけない。なんだかF1ドライバーになった気分である。どんな義足になっても、ドライバーは僕以外代わりはいないので、ドライビングのテクニックは高めておかないといけないし、どうしたらもっと歩きやすくなるか、周囲の客観的なアドバイスに応答できる自己分析が要求される。


通常のリハビリではただ歩くための訓練に時間が費やされているが、それはなかなかもったいない気がするのだ。

僕が入院した施設には義足や義手の展示スペースがあり、現在使われている様々なパーツだけでなく大正時代の義足なども展示されている。職業柄「展示」自体に興味があるし、展示されている義足や義手もその造形自体かなり面白い。

作品を鑑賞するには、見たままを楽しむという入り口も必要だが、より深く作品を理解するにはコンセプトを読み込んだり、過去の作品との系譜を読み解くことも重要な視点だ。または作品を制作したアーティスト自身を知ることも様々な発見がある。

義足のリハビリもただ歩く訓練だけじゃなく、義足の歴史や作り方について知る機会があった方がいいんじゃないだろうかと強く思う。

どんな意図で、どんな制度で、どんな構造で、どんな人が作った義足が自分の身体までたどり着くかがわかると、義足への理解が増す気がする。

頭でっかちになれというわけではないが、義足を知ることはその義足を血肉化する重要なプロセスとなるはずだ。

そう考えていくと、自分にはどんな「足」が必要かということ自体を問い直してもいいのかもしれないと思えてくる。

昔、車椅子バスケの先輩で建築家を目指す人が「足元の悪い現場に義足じゃ対応できない。俺はキャタピラでいい」と言っていたことを思い出す。

もちろん見た目を足に近づけて、本来の足のように動かせることも大切だと思う。特に日本の義足・義手の外見は昔からクオリティが高かったようだし。でも義足に小物入れのひとつくらいつけたっていいだろうし、今だったらスマホが充電できるとか。僕は展覧会の設営で工具を使うこともあるからマキタ製の義足とかどうだろう。インパクトドライバーの充電ができるとか色々な拡張機能がつけられそうだ。

そんなこんなで義足を着けるのも見るのも触るのも楽しすぎるのは、実は中学生の時の将来なりたい職業が義肢装具士だったからかもしれない。

小さい頃から工作が好きだったのと、一二歳で骨肉腫になって一年ほど装具を使用していた時に、もっとカッコイイものが作れないかと当事者目線で考えていたことが理由だ。その後、興味関心は広くデザイン分野をあちこち巡ったあと、アートに絞られ、大学へ進学し今に至る。それが巡り巡ってまた義肢装具と出会い直した感じがしている。

自分の身体を支える大事な義足。この作品については誰よりも詳しくなって大切にしなくてはいけないと思う。

## 二〇二〇年一月三〇日

# 踊り出すような義足を

リハビリも一週間が過ぎるとようやく身体が義足に適応し始めたような気がしてきた。特に体重を支えるソケット周辺の筋肉や、腰や腹筋、義足を通じて地面を感じ取る神経が義足の存在に気がつき始めたような感覚だ。

施設への入院中はたくさんのパーツを付け替えて自分にあったセッティングを模索しているのだが、パーツによって歩き心地がかなり変わる。

例えばある膝継手は、義足にかける体重の変化に応じて膝がゆっくり曲がるような構造になっており、急に膝が曲がって転倒することを防止するほか、階段をゆっくり安全に降りることができる。しかしこうしたパーツは外観も大きく、僕が気に入ったシンプルなパーツと比べて断然重い。そのため、少し外を歩いただけでヘトヘトになってしまったのだ。階段を安全に降りられるというメリットは気に入ったのだが、体格の小さい僕にとってはやや不向きだったので、結局シンプルな膝継手を選ぶことにした。

そのパーツは軽量で、操作もダイレクトに伝わる感覚がとても気に入っている。歩くときは脳内でHIPHOPが流れている感覚で、踊るように歩くと身体が軽くなってスムーズに歩けるのだ。

音に乗ることは別にHIPHOPに限らないと思うけど、義足に集中し過ぎると動作が慎重になってしまうから、もっと義足に乗ることを楽しむと、踊り出したくなるくらい義足が軽くなっている方がしっくりくる。

そもそも健常者みたいにフツーに歩くってレベルを、見た目だけ模倣するとどうしてもぎこちなくなる。そのフツーの歩行は健常者の足で合理的に歩く動作なだけで、義足ならもっと別次元の、踊るような心持ちが大切なのかもしれない。

そうやって軽やかに歩こうという態度が、具体的な数値にも表れている。

リハビリの一環で行なわれるテストのようなもので、一二分間で一〇メートル区間を何往復できるかを測定するというものがあった。なるべく速く、ひたすら歩き続けるということだ。

往復した回数からおおよその歩数を割り出すと健常者は八〇〇歩らしく、これくらい歩ければ問題無く横断歩道などが渡れる速度だそうだ。リハビリ開始一週間、僕の記録は七〇〇歩だった。これはかなり速い方らしい。でも、軽やかにとは言え、じんわり汗をかくし、路面状況が変化する屋外ではどこまでいけるか。仕事ではリサーチとしてアーティストたちと街や山の中など、様々な場所を長い時間歩くこともあるので、長時間の歩行には慣れておきたいところだ。

短い入院期間の目標は歩くことだけではない。義足で自転車に乗ることもそのひとつだ。一二歳で骨肉腫になり人工関節にしてから一八年間自転車には乗れていない。二〇歳くらいの時に右足のペダルを切って左足だけで乗ろうとしたけど、まともに走れずやめてしまって以来の自転車だ。

自転車に跨《また》がってみて驚いたのは、ペダルに義足をかけるのは地面を蹴るのとは全く違う感覚ということだ。感覚というか、そもそも感覚がない。

自転車はどちらかと言えば、生身の身体よりも義足に近い存在だろう。だから自転車に乗った瞬間、つま先までだった義足の感覚が急に途絶え、義足が自転車と一体になる感覚がある。断端を動かせば、義足を通り越して自転車を漕ぐことに意識が向いていく。義足が自転車化していくというのか、自転車のペダルに義足を置いた途端にそんな合体感を感じるのだった。

## 二〇二〇年二月五日
# 存在の背景

義足のリハビリを行なう際に義足の歴史や制度、技術的な情報を得ることも大切なのではないかと書いたが、それはアートで言えば、作品を深く理解しようとすることである。職業柄、展覧会で展示された作品を鑑賞するだけではなく、アーティストのスタジオを訪問し、制作環境そのものを見ることで多くの気づきを得たりする。

リハビリ施設を退院して翌日、仕事の一環で友人でもある建築家の佐藤研吾を訪ねに福島県大玉村へ行ってきた。大玉村までは東京から車で三時間程度ではあるが、初めての高速と長距離ドライブに緊張しながらハンドルを握ることに。

免許は一〇年前に取得していたものの、都内の移動ならほぼ公共交通機関でどうにかなっていた。それと僕の場合は右足の障害なので、「左アクセルのオートマ車限定」という条件つきの免許である。切断後は障害者手帳の等級が少し変わったが基本的に車はこれまで同様に左アクセル車でないといけない。

切断後のリハビリに通うことや、仕事での移動を考えて手術前に車を買っておいたので、年末の退院後、義足の前に車の運転のリハビリ期間があった。自宅から車で三〇分ほどのリハビリ施設まで運転してみながら徐々に勘を取り戻し、義足に乗れるようになり、自転車にもチャレンジしたところで今度はいきなり車で高速を運転。義足に自転車に車と乗り物づくしである。

大玉村では佐藤さんの活動拠点で藍染《あいぞめ》をしたり、畑を見学したり、夜は村の方々との交流会など予定が目白押し。

佐藤さんは自ら鋳造で建築の内装を手がけたり、美術作品を作ったりと、やや一般的な建築家とは異なるところがある人だ。自宅や制作場所へ伺うと、村の前に広がる安達太良《あだたら》山のシルエット、家を囲む木々の重なり、冬でも暖かく感じられる陽の光、この空間の開けた雰囲気が佐藤さんの作品の背景にはひっそりと、しっかりと佇んでいるのだなと身体で感じることができた。

リハビリ中に、ローカルな義足のあり方というものがあるのではないかと考えたことがあった。理学療法士の方と施設の外を歩いている時、「もし積雪があったら義足じゃ歩けないだろうな……」と話していると、北海道からリハビリに来た人もいると教えてくれた。その時、それまで自分が想像しているシチュエーションに、「雪の積もった北海道」は無かったことに、ハッとした。

義足ユーザーのそれぞれのリアリティは、その人が足を踏みしめるその地面にしか無い。どんな道を歩いてきたかのリアリティが、ローカルな義足のあり方を作っていくのだろう。普段暮らす東京とは異なる環境を歩きながら、僕がここで生活をしていたら今の義足のパーツを選んだだろうかと考える。自転車に乗ることを考えただろうか？「幻肢をコントロール」とか「義足に乗る」といった発想があっただろうか？

もちろん、何かができるようになることだけが正しいわけではない。障害の有無に拘《かかわ》らず、全ての人にそれぞれのリアリティがある。そのリアリティは多くの場合、自分から見えている環境の中でしか実感は伴わないのではないだろうか。

僕は一二歳からいわゆる「障害者」となり、社会の中で過ごしてきた。一般の中高に通う中では「障害者」、車椅子バスケのコミュニティの中にいると「比較的動ける障害者」となる。そのグラデーションは、置かれた環境やその状況の目的によっていくらでも濃淡が変わっていくことを感じてきた。

そんな自分自身を肯定するひとつのキーワードが、「フラジャイル」。変化することのない強さではなく、弱くてもろい「フラジャイル」な身のこなしを得ることだったように思う。自身を固定せず、柔軟に身体や思考を更新し続ける態度の習得。それはメルロ＝ポンティの現象学や宮沢賢治の詩に惹かれる感覚とも通底しているかもしれない。

一方で「障害者」という当事者性は、理論の上では強者に成り得てしまうことを強く懸念していた。つまり「障害者」と「健常者」が区別されることで、「障害者」である自分自身が「障害者」という限定されたカテゴリーの中で、自分自身を理解しなくてはいけないという圧力は暴力的であり、当事者をどんどん孤立させていく。

障害を体験しているのは、誰とも交換できないこの身体を持つ自分しかいない。そしてその身体のことについて、医師や家族は「どこが痛いか？」「どうしたら楽になるか？」そのほか数えきれない質問や助言をしてくる。そういう関係性の中で、自分の身体や障害について考え、周囲の人に伝えるのは自分の責任なのではないかとさえ思えてくる。そんな「自分のことは自分が一番理解していないといけない」というプレッシャーが、気がつかないうちに膨れ上がり、自分の意識を内向きに変えていく。それは一歩間違えると、「自分の身体や障害について正しく言及できるのは自分しかいない」という理論となり他者を排除しかねない。

だからできるだけ「障害者」というカテゴリーの外部に身を置くことで、その圧力を相対化しようと意識してきた。その時に頼りになるのは、「フラジャイル」な身のこなしである。そしてできるだけ飄々とすることに努めていたのだ。

自分が実感を持てる体験を大切にすることは重要だと思うが、その現実に固執せず、色々なところに身を置くことが、少なくとも自分にとっては非常に重要な生きる術なのである。

## 二〇二〇年二月一九日
# 幻肢 on 義足

義足のことばかり気になってしまっていたけど、実は義足での歩行時にも幻肢がよく現れていた。義足で歩いている時に感じる幻肢はどのようなものかというと、「幻肢痛の当事者研究 二」で書いた漠然型に近い。

そして幻肢を感じる一方で、幻肢痛はというと、年末に退院して日常生活に戻るにつれ痛みは少なくなっていた。看護師から幻肢は時間が経つにつれて短くなることが多いと聞いていたが、確かに徐々に断端に吸収されてきて、それに伴い感覚が漠然となり、痛みも薄れたのだ。

幻肢痛は無くなるが、幻肢の感覚は消えずに残るのが面白い。むしろ義足を履き出してから感覚は強くなってきて、最近だともはや足があるように錯覚すらする。

幻肢痛を強く感じたのは、切断から義足の仮合わせまでの四三日間。痛みは無くなったけど幻肢の感覚が戻ってきたのは、特にリハビリ期間の一〇日間。仮合わせからひと月も経てば、足があるように錯覚するくらいになる。

切断後からしばらくは痛みも続いていたが、痛みが落ち着いてきた頃に義足を履き出すと、さらに格段に痛みは無くなった。これは足のイメージが具体的に補完されたということもあるかもしれないが、それよりは断端を動かすようになり、筋肉がほぐれたことによる効果が大きかったように思う。

義足で杖なしで歩けるようになってきたのがリハビリ開始三日目くらい。この頃から徐々に幻肢と義足の重なりが強くなったのだ。それは理学療法士の方から「断端の先まで意識して歩くように」とアドバイスをもらったことも助けになった。断端の先端の筋肉を意識して歩くようになると、断端で義足を摑んでいる感覚になったのだ。それはまるで断端に吸収されつつある幻肢で杖を摑んでいるようなイメージだ。

さらに、リハビリ期間中の外泊で義足と幻肢の重なりを強める工夫を発見していた。

それは長ズボンだ。

リハビリでは義足の調整などをしやすくするために短パンをはくように言われていたので、外出時も義足＋短パンが定着していた。外泊中も車移動ですぐに室内に入れば短パンでも寒い思いはしないし、短パンから延びる義足はめちゃくちゃかっこいい。

はかせるのが面倒ということもあり、義足に長ズボンをはかせることはしばらくなかっ

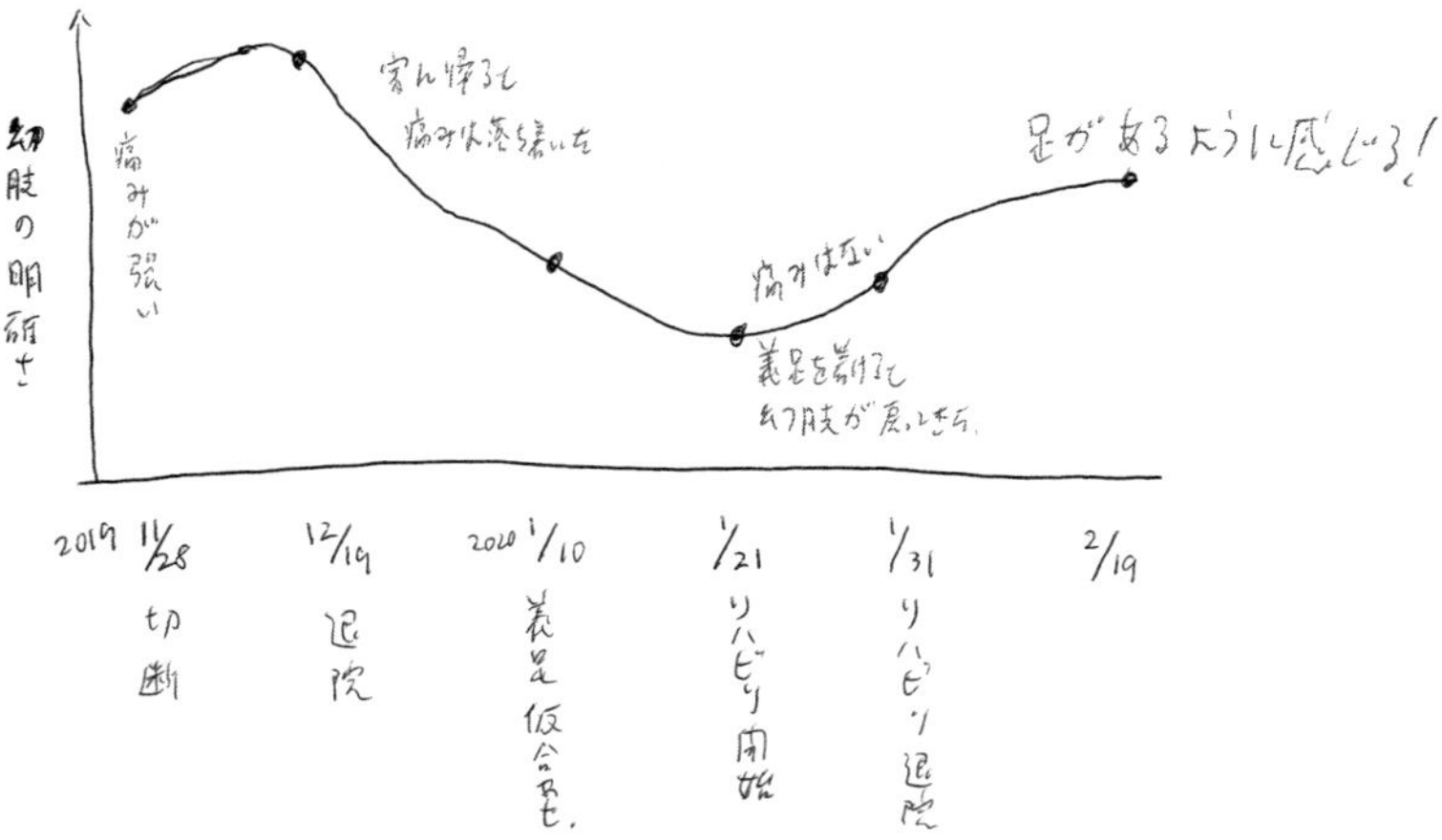


た。

しかし、ある日外を歩くにはあまりにも寒くて長ズボンをはいて外出した際、ふと足元を見るとあたかも右足があるように錯覚を起こしたのだ。

これは明らかに視覚による錯覚だ。右足の靴が見える。座っていて、長ズボンで義足が隠れている。同時に幻肢を感じると、まるで右足が痺れているような気持ちになり、足裏から地面の感覚まで伝わってくるようだった。

打ち合わせ中だったのだが、思わず心の中では「あっ!」と驚いていた。義足の仮合わせの日にも、義足をまるで足があるかのように手でさすり、身体のどこに義足があるかをインプットすることを意識していたのだが、長ズボンによって視覚から自分の頭を騙すことが、義足に乗る一体感を強めるのに役立つとは。

それからなるべく義足を視野に入れずにつま先を見ることで、「視覚から足があるように錯覚↓幻肢の感覚を義足に重ねる↓足先まで意識して歩行する」というサイクルを作って歩くようにした。もちろん以前書いたように歩く時はリズミカルに。

この感覚でリハビリ施設を退院すると、みるみる幻肢と義足が重なり出した。それは単純に人工関節だった今までの足とも違う。足っぽい乗り物と生身の身体が溶け合い、無いものに血が通うような感覚だ。

この連載を書き出す時に考えていた「無いものを感覚するなら、感覚しさえすれば、無いものを作り出せるかもしれない」という仮説に近づいたのかもしれない。

幻肢が義足にパイルダーオンする。

単なる錯覚や勘違いで終わらずに、切断後にも足先に漂う足だったエネルギー⫲幻肢を残った断端と義足を接着するために活用し、身体図式を書き換えることに転用できているのではないか。

「幻肢痛」という痛みの症状として片づけるのではなく、もっと義足での歩行に役立てる治療やリハビリがあるのかもしれない。これは義足の性能が良くなってきている現代だからこその可能性だろう。

と、可能性を開きたい一方では、まだまだ知らない複雑な状況も見え隠れする。医師によっては義足についての知識が不足していて、患者さんの年齢だけを見て義足の選択肢を提示しないケースもあると聞く。義足のパーツ選びだって保険制度の違いで選択肢は変わってきてしまう。その背景は切断の理由の違いがある。例えばアメリカでは元軍人という患者も少なくない。それは義足の市場の違いとなって表れる。

この義足に重なっている幻肢も、見えない肉体としてだけでなく、その輪郭はあらゆる文化によって形成されていることをひしひしと感じる。

義足に靴下をはかせるべきか。

律儀に爪まで再現された義足のつま先を見ながら、この足が背負ってきた文化について考える。

二〇二〇年二月二七日

# 存在の空白

たまに「あ〜、右足無いな〜」と思うことがある。

正確に言えば、歩けるようになった分、義足を外した時のギャップで、足が無いことを考えるのだろう。

今更か！と思われるかもしれない。自分でもちょっとそう思う。

人工関節でも義足でも運動性能の違いはあるが、切断前の一八年間〝障害者〟をやってきたし、今もそれは変わらない。変わったことはシンプルに、人工関節を覆っていた生身の外装が無くなったということだ。

前回、長ズボンによる錯覚から歩くサイクルを作ったことを書いたが、自分の身体をどう認識するかにおいて、見た目って結構大事なのかもしれない。かと言って、義足につける足の形を模《かたど》った外装はダサいからつけたくないのだが。

「あ〜、右足無いな〜」と思うことに自分で驚いてしまったのは、その先に「あること」の選択肢や「あったこと」の経験が広がってしまうことへのちょっとした恐怖心があったからだ。

切断直後は、これまでの右足が抱えていたデメリットが一挙に無くなったのでスッキリした眼差しで見つめていたのだが、いざ義足を着けて元の生活に戻ると、「いや、右足無いじゃん！」と改めて気がついてしまう。

もしかしたら幻肢の感覚も戻っている今だから、余計に頭も混乱しているのかもしれない。しかし「右足無いな〜」の先にぼんやりと顔を出す恐怖心はすごく表層的に、ゾワッとする。

義足を履く時はいいんだけど、疲れて夜遅く帰宅して、暗い部屋で義足を脱いで現れる断端の素の顔が、まだ道具（義足）の面影がへばりついているようで、もぎたてっ！みたいな独特な新鮮味に、この足の先に何がいるのか自分の身体ながら驚きが隠せない。

そう言えば先日、タトゥーアーティストから身体完全同一性障害の話を聞いた。詳述はしないが、自分の身体に四肢があることに違和感を覚えて、自ら進んで手足を切断する人たちのことだ。心身の一致は人それぞれに異なる。その分かれ目は先天的なものなのだろうか。

反対に単体で置かれた義足の先にも人の姿を感じることがある。

義足の方にも僕の身体の残り香がこびりついているのかもしれない。

## 二〇二〇年三月一一日

# パンツとダンタンブクロ

「断端」は、英語だとstumpというらしい。直訳すれば「切り株」。もう少し可愛い名前なら良かったのに、という気持ちはしまっておいて、この切り株は意外とお手入れに気を遣う。

義足を履くために皮膚トラブルの解消はもちろんだが、断端の太さの変化にも気をつけなくてはいけない。断端は、切断直後は手術の影響もありまるっとむくんでいるが、時間をかけてどんどん細くなっていく。半年から一年かけて腫れが引いて、筋肉も引き締まってスリムになるので、そのタイミングで仮義足から本義足へと作り変えるのだ。

一度ソケットを作ってしまうと、そこから断端の太さが変わった時に義足をフィットさせるのに苦労することになる。しかもこの太さは一日の中でも変化があり、朝はむくんでキツイと思ったら、昼にはゆるくなってしまったりするのだ。

先日、胃腸炎になって三九度の高熱が二~三日続き、しばらくの間まともに食事ができず、痩せてしまったことがあった。すると義足がゆるゆるになってしまい、歩いているうちに徐々に外向きに回転してしまうようになった。

身体は日々変化するけど、今度は義足側に身体を矯正しなくちゃいけなくなる。こうした日々の変化を調整するのが「断端袋《だんたんぶくろ》」といういわば靴下みたいなものだ。種類がたくさんあって、緑に色付けされた線の太さによって厚みが異なる。見た目は抜群にダサいのだけど、徐々に細くなる断端に合わせてこれらを組み合わせることで義足とのフィット感を調整する大事な袋なので、悪いことは言えない。

身体から義足までの間にはシリコンライナー、断端袋の二層構造……と思いきや、最近気がついたのは、義足を快適に履くためには、パンツ選びから重要だということだ。

二月上旬に、ソケットをこれまでとは違うＩＲＣ型というタイプに変更していた。これは体重を支えるおしりの骨との接点をソケットの内側に半分収容させることで、長時間座っても痛くなったりしないというメリットがあり、僕の仕事を考慮して義肢装具士が提案してくれたのだ。しかもこのソケットはとても断端にフィットして、以前よりも義足が軽く扱えるようになったことは大きな改善である。

一方で、事前に義肢装具士に言われたのは「ソケットがおしりの割れ目に攻めてきます」という、義足と僕のおしりのせめぎ合いの予告だった。おしりの割れ目を攻められたことはまだ無い。どんな風に攻められてしまうのか。恐い。

リハビリ施設で仮合わせをする短時間だけではそのせめぎ合いはあまりわからなかったが、長時間歩き回ると攻防が理解できた。

確かにソケットが断端からおしりのカーブにかけて、かなり際どいラインまでを包み込んでいるので、特に義足と断端に少しでも緩みがあるとおしりの割れ目にすかさずソケットが攻め込んでくる。

さらに、僕は普段ボクサータイプの下着をはいている。義足を履く時は右足の下着に被せるようにシリコンライナーをはくので、下着をいい感じの位置にした状態でシリコンライナーを噛み合わせないと、下着の右半身がシリコンライナーに押さえつけられることで、左半身もそれに引っ張られ、下半身の色んなところが下着やらシリコンライナーやらで擦れてしまう。涼しい顔をして歩いているようで、見えないところが大惨事になっていたりする。

冒頭に断端の皮膚のケアも大切と書いたが、下着がヨレた状態でシリコンライナーをはいてしまうと、ヨレた箇所だけ擦れて断端がミミズ腫れみたいになっていたりするのだ。

ついつい義足に目がいきがちだが、見えないところで静かに攻防が繰り広げられている。そのおかげで何枚かのパンツは残念ながら今後の僕の生活から落第してしまった。

幻肢を義足に重ねようと、義足をどんなに乗りこなそうと、その手前には湿っぽい肌感覚が息を潜めている。これは一歩間違えると義足のソケットの調整が必要になる事柄かもしれないが、この肌感覚で摑めているものが、治療の対象なのか、治療の外側で行なわれるべき僕と断端と義足とパンツのコミュニケーションなのか、その見極めは慎重にしないと、自分の肌感覚がいともたやすく治療の中に埋没してしまう。

パンツとダンタンブクロ。

大切なものをしまう二枚の布。

二〇二〇年四月四日

# 幻肢はわからないからいい

前回からしばらく間が空いてしまった。

色々書きたいことはあるのだが、年度末に立て込んだ仕事や新型コロナウイルスで中止や延期になる仕事の対応で慌ただしく、落ち着いて言葉にする余裕が無かった。

今は束の間のひと段落で、まだ年度末の報告関係の作業が残っている。外出自粛要請から在宅ワークとなる仕事相手も多く、先方の都合に合わせてこちらも外出が減ってきた。先日は久しぶりに終日自宅で過ごしていたのだが、ふとカレンダーを振り返ってみると自宅で終日を過ごしたのは、ひと月以上前に胃腸炎で倒れた時以来だった。

これはつまり、ほぼ毎日義足を履き続けていたということだ。そうすると何が起こるかというと、断端がますます細くなるのである。しかも三月には展覧会が一本あったのだが、その展示の設営でそれなりの重労働もしている（バスケットゴールやサッカーゴールを運んだ）。

思い返せば二月には福島県大玉村に行ったり、多摩ニュータウンをひたすら歩いたり、京都に出張したりもした。リハビリ施設退院後、かなりの稼働率だったと思う。ここまで動けば義足でどこまでできるのか、具体的なイメージが広がっていくと同時に、まだまだ未知の領域があることを感じる。

実は三月下旬に仮義足のソケットが完成したのだが、術後よりだいぶ細くなった時点で測定したにも拘らず、約三週間でさらに細くなり、すぐに断端袋が必要となっていた。術後から比べれば明らかに引き締まったことがわかる。

肉体の変化は見えないものにも影響を与えている。

例えばこの期間、幻肢も義足に同期することに随分慣れてきた。義足を外している時は以前ほどはっきりとしたイメージは無く、ぼんやりと断端の先に感覚が浮遊しているのだが、義足を履くと幻肢のイメージがはっきりとして、まるで足があるかのような感覚になる。

それは義足の角度によって同期具合が変化するのだが、直立していたり直角に曲がっていたりするとぴったりと同期しやすい。

## 接触と記憶

先日、仕事でとある記事を執筆した。中国の広州出身のダンサーが、北海道の「べてるの家」への滞在を経て実施したワークショップを紹介する記事である。そこでは「接触」と「記憶」をキーワードにワークショップを読み解き、少しばかり自身の幻肢にまつわる経験も交えたのだった。

そこで考えていたのは、身をもって経験した出来事は、その人の身体や心に確かな記憶を刻みつけているということだ。たとえその肉体が変化し物理的な増減が生じたとしても、自分が把握していたイメージとしての身体やその物理空間から生じていた思考は、経験の残滓《ざんし》として脳に居座っている。まるでゴミ箱に移しただけでは消し切れないデータみたいに。

幻肢を感じ出して四カ月。術後すぐに「治療の対象にするのは惜しい」と思っていた勘が当たったというか、経験の残滓をもう一度「ゲンシ」という足でも義足でもない感覚に振り戻せているのは、身体にも思考にもいい影響があったと思う。

## 義足は足にあらず

身体が受けたいい影響とは、何より義足を乗りこなせたことだろう。

幻肢によって身体の使い方の可能性が示されたおかげで、義足＝足／リハビリ＝健常者のように歩くこと、というレールから外れられたのだ。だから義足を新しい乗り物のように考えることができた。

「健常者のように歩くこと」という模倣を目標に設定してしまっては、それ以下のパフォーマンスしかできない気がした。本当は「歩く」先にあるのは、「あっちに行きたい」「そこにあるものを取りたい」とかである。「歩く」はあくまで手段でしかないなら、よりアクティブな到達点を設定したいと思った。それが、新しい乗り物としての義足のイメージを形作らせたのだ。

ただし、こういうことを活字にするのは後ろめたい気持ちもある。

人によって義足になった状況も、リハビリの過程も、目標設定も、出会う医者や理学療法士、義肢装具士も異なる。そんな中で、ただひたすら義足が乗りこなせても、あくまで個別的な結果であり、ある意味マイノリティの中のマイノリティという気にもなる。それと、理学療法士さんが「今の義足は使う人によってレベルに差が出てしまう。本当は誰もが一定のレベルで歩けるようになれたらいいのに」と話していたことも印象的だった。僕の言葉が誰かを置き去りにしてはいないだろうか。

その理学療法士さんは、初めてその施設を訪れて入院か通院かを相談していた時にまだ片足の僕に向かって、「青木くん、自分はすぐ歩けると思ってるでしょ?」と問いかけてきた。確かにその自信もあったので「はい」と答えると、「だよね? たぶんすぐ歩けそうな感じするから、一〇日でもいいから入院しな」と言った人だった。

一体何が〝すぐに歩けそうな雰囲気〟を伝えたのだろうか。

きっとそれは、どんな数値にも表れるものではないし、手術を終えた日から出来上がったものでもない。その因子は長い時間をかけて準備されているはずだ。毎日痛みのレベルを聞いてきた看護師や医者は知らない、三〇年間かけて蓄積してきた経験が作ってきたものだと思っている。僕はそこにアートの存在があったと信じている。

## ニアリーイコールな身体

自宅で過ごす間に久しぶりに仕事ではない理由で、ふらっと本棚から本を取り出してきてパラパラと文字を追っていた。

手にしたのは『中井久夫コレクション「伝える」ことと「伝わる」こと』（ちくま学芸文庫）。

目を留めたのは「解体か分裂か――「精神＝身体と〝バベルの塔〟」という課題に答えて」の中で線を引いた次の言葉だった。

精神が一般に解体か分裂かの危機にさらされた時に、比較的ましなほうを選ぶために分裂の方向をとる、という精神の戦略がありはしないか、と思っている。

最後の「、と思っている」っていう言い回しと、一呼吸置くリズム感が読み返しても気持ちいい……というのは余談だが、この文に目を留めて、幻肢は自分にとって「比較的ましなほう」だったんじゃないかと気がついた。

足を切る準備ができていたとはいえ、四肢が無くなるということは、ポジティブにしろネガティブにしろ、身体にとっては忙しい事態である。幻肢を出現させるのは、その忙しい移行期間を取り繕う存在なのだろう。

そして僕はその取り繕うだけだった存在を、「お、お前面白いじゃないか、もう少し仲良くしよう」と取っ捕まえてしまった。つまり、右足を自分ニアリーイコールな身体として分裂して付き合う術を選んでしまった。これは、精神的にか、肉体的にか、何かしらの生存戦略だったのではないか。

## わからなさと付き合うこと

そして、この中井久夫さんの文章は次のように締めくくられる。

この一例は私にバベルの塔の故事を思い出させる。神は「解体」を狙ったらしいのだが、人間のことばは解体に至らず「分裂」して多くの言語になった。人格の「分裂」は必ずしも健康な現象ではないが、緊急避難的な意味がある。社会における「分裂」も、また、その意味合いはないだろうか。たとえば、全体主義国家はうまく分裂できず、一挙に解体しやすいのではあるまいか（その後もその例は少なくない）。

今、新型コロナウイルスの影響で他者との接触は憚《はばか》られている。前述のワークショップの記事では「接触」とその状況を対比させたが、日々状況は変化（それも悪い方に）している。

今の社会には緊急避難する分裂という選択肢はあるのだろうか。社会も人も解体してしまわないか心配になる。

右足の切断、という社会からしたら些細で個別的な経験かもしれないが、この状況を救ってくれたのは文化や芸術に触れてきた蓄積があるからだと信じている。それは、緊急避難する道を開く技術でもある。それはつまりは、わからない存在に対しての対処の方法でもある。この世界にはどうも自分にはわからない存在がいるらしい。その驚きや感動や不安を、真正面から受け止めるのは、心も身体も保《も》たない。中井久夫さんもこの文の冒頭を、「精神といい、身体といっても、いずれもきわめて保守的なものである」と書き出している。保守的な精神や身体のクッションになる存在のひとつがアートではないだろうか。僕はアートは一義的な解釈を拒み、あらゆる矛盾の中でも切実に思考することを可能にするひとつの方法だ、と思っている。

幻肢への興味は、そんなアートと似たところがあるかもしれない。見えない、触れない、でも足がある、なんてどんなに言葉で尽くしてもわからないだろう。それでもその存在について考え、語り、活用することは、わからなさに身を置き続ける作業でもある。そしてアートにはそうしたわからなさと向き合い続け、技術を磨いてきた歴史がある。アートはそんな状況で使うことができる技術でもあるはずだ。

今の世界の状況も、わからないことがたくさんある。身体的な接触が憚られる世界で、どうやって他者を思いやることができるか、最近はそのことばかり考えている。見えない幻肢や想像を超える他者、そういうわからないことを通じて、柔軟に自己を更新しなくては、人も社会もたやすく解体してしまうのではないだろうか。

## 二〇二〇年四月三〇日
# 感染症のこと

緊急事態宣言後、僕もほとんどの仕事がリモートワークになり、自宅で過ごすことが多くなった。予定していた仕事の多くが延期・中止となったが、暇かと言うとそうでもなくて、やることはたくさんあるし、オンラインミーティングで一日が終わることもしばしば。日々流れてくるコロナの情報も相まって心身共になかなか堪える。

そんな中、色々な機会に恵まれて挑戦している農作はとても気持ちがいい。野菜を育てる畑を準備するために鍬《くわ》でひたすら土を耕していたのだけど、僕の義足はウォータープルーフ仕様ではないので、あまり汚さないように気をつけなくちゃいけない。しかも足部は実はまだリハビリ施設から借りているもの。

受け取るはずのパーツの納品が遅れていた矢先、緊急事態宣言や仕事の都合でなかなか受け取るタイミングが無かったのだ。今は義肢装具士も自宅待機らしく、完成が先延ばしになっている。借り物とはいえ使用には問題無いので生活に不便は無いのだけど、思わぬところでコロナの影響を受けてしまった。

連日報道される「感染者数」という言葉を見聞きし、そう言えば自分も去年「感染症」で足を切ったことを思い出した。

身体に病原体が入り込み、病気になることを感染と呼ぶと辞書には書いてある。僕の場合はその病原体の影響で人工関節を刺していた大腿骨が溶け出しており、切断するしかなくなっていた。

昔、抗生剤を何度かもらったこともある。その時の検査では足にいる菌はそこまで酷いものではなくて、特別な対処をするほどではなかった。抗生剤を飲むと、足の傷口から出てくる滲出液が止まるので効いてはいたのだろう。

滲出液の処置も長いこと自分でやっていたのだけれど、何年も傷は塞がらず、そこから菌が入り、骨を溶かしていたのだ。

ちなみにこうしたケースで感染症が見つかって切断する人が周りで何人かいるので、骨肉腫あるあるでもある。

滲出液が出る傷口が適切に処置できていなかったり、免疫力が低下するなど様々なことがきっかけで菌が消滅せず長いこと体内に居座り、周囲の組織に悪影響を与えるのだろう。

だから感染症が見つかると、手術で人工関節を取り出し消毒して戻すなんて場合もある。それを聞いた時は、なんかバカみたいに単純な方法だなと思ってしまった。普通の掃除と変わらない。人工関節の感染症然り、コロナ然り、要するにまずは徹底して消毒しましょうということなのか。

長いこと感染してきた身からすれば、after だの with だのそんな標語の流行はとっくに過ぎている。そんな言葉より先に足にぽっかり空いた穴みたいな傷口から滲出液が出てきていたのだ。after でも with でもない、now でガーゼが必要だ。何枚のガーゼを滲出液で染めてきただろうか。感染真っ最中だったのだ。

それが、感染リスクのある人工関節が体内から無くなった途端、感染症はパタリと静かになった。つまりは右足を切ったから。

骨肉腫の最適な治療が何かはわからない。

化学療法を耐え、感染のリスクを背負いながら人工関節に置換して生身の足をつけておくのか。でも、切断した方が割合としては生身一〇〇パーセントになる。僕は切断したことで今はその一〇〇パーセントがとても気持ちいい。まぁ、足は二本ついてた方が便利だろうけど。

コロナの影響で排気量が減ってヒマラヤが見えたとか動物が街に出てきたとか、地球単位で見たら人工物による影響が鎮静化したなんて見えるのかもしれないけど、主語を大きくすると見失うものもあるだろう。

だからコロナに対して「戦争」や「勝つ」という言葉を用いることは違うんじゃないかと思う。こうした比喩は人々を分断しかねないという懸念ももちろんなのだけれども、「感染に打ち勝つ」なんて終わり方が無いことをこの身体が知っているから。

最近やっている農作だって、土や植物は人間とは異なる時間軸を持っている。菌もまた無数の感染経路や発症確率を持つ不確実な存在ではないだろうか。

ただこちらは幻肢と違って、見えなくはない存在だ。薬剤師が「薬は（身体が）あるところにしか作用しない」と言ったことの裏を返せば、ウイルスが見えてしまうから「打ち勝つ」なんて発想になるのかもしれない。

何が見えて、何が見えないか。

そこには、何を想像することができるか、という問いが隠されているのではないだろうか。

感染によって右足を失ったあとは、幻肢という想像力との共生が始まっている。

## 二〇二〇年五月一〇日

# 仮義足の完成と幻肢の常態化

よく義足を見た人から「この足の型は自分の？」と聞かれるのだけど、全くの既製品である。

でも切断前の足を型取りするのも面白いかもしれない。デスマスクならぬデスフット。切った足の遺灰でも塗り込んでおいたら幻肢がより鮮明になったりしないだろうか。

借り物から納品された新品の足部に付け替えをして仮義足が完成した頃、以前試した別の足部が大幅に値下げされたことを義肢装具士に教えてもらった。本義足を申請する時はそちらのパーツの方が判定が通りやすいかもしれないとのことだった。仮義足といっても基本的には本義足と変わりはないのだけど、作る制度が異なるので、そのことを見据えたパーツ選びが必要になる。使い勝手とお金の天秤。切断にかかる一連の医療費と生活費は馬鹿にならないし、それがこのコロナで仕事も減少するのと重なるとは。自分の身体のはずなのに、お金や制度に左右されてしまうのは釈然としないこともあるが、いい義足を組み上げることができたと思っている。

義足にはすっかり慣れて難無く使えているのだけど、リモートワーク生活の影響なのか、断端が太った……。断端袋をすると義足が履けない。断端袋無しで履いてもしばらくは断端が締めつけられる感じがある。

そのせいなのかわからないけど、正座した痺れみたいな感覚の幻肢がずっと漂っているようになった。幻肢が常態化してきたというか、感覚の振り幅が無くなっている。

さらに、最近ついに幻肢に痒みを感じた。もうこれはどうしようもなくて、身体の奥が痒くなるあの感覚が断端の先の方に走るのだ。もうこうなるととにかく断端をジタバタして痒みが治るのを待つしかない。

痒みも幻肢が常態化してきた兆候かもしれない。幻肢が切断前の足の記憶に依拠しているならば、痛み以外の新しい感覚のレパートリーは、その記憶が補完されてきたということだ。

記憶の補完というのは、幻肢の形状の変化にも見られている。現在常態化してきた幻肢は義足を履かない時は断端から円錐形に延びている。思い返せば切断直後は足の記憶が鮮明だったが、しばらくすると忘れて記憶がとっ散らかり、漠然とした印象だった。しかし常態化すると「足って確かまっすぐ伸びた棒みたいなやつだよね」という確信性が高い記憶だけが選択され、幻肢が構成されていったんじゃないだろうか。

義足に慣れてきても、義足の有無によって幻肢の感じ方が異なるのはそのせいだ。他人から「ほら足ってこうだったじゃない！」と言われて「あー、そうだったそうだった」と思い出すように、義足を履くと足先の感覚が義足と同期される。

しかし外すとまた「あれ？」となる。

しかもこれは意識的に思考して幻肢を発現させているわけじゃない。物（義足）との接触によって身体が反応するところに、僕は観察者として居合わせることから始まり、うまくいくと幻肢をリハビリに役立てたような能動的な関係まで結べる。幻肢の常態化は自分にとっては二つの可能性を示してくれるものでもあった。それは「義足によってどんな動きができるか」というフィジカルな挑戦と、「無いものを存在させる」ために働きかける物理的な工夫の模索である。

幻肢がずっと以前の足の記憶を頑《かたく》なに守っていたら、幻肢は「足」でしかいられない。しかし、義足を着けることで幻肢が「足」的になるのだとしたら、義足以外のものと繋がることで足以外のものに化ける可能性もあるのかもしれない。

「無いものの存在」とは、「あるから感じる」のであれば反対に「感じるならある」という等号をちょっとずらして、「感じるのなら無くてもあるはず」と飛躍させていくという実験でもあった。そして導き出された義足という物理的な働きかけによって幻肢という不可視の感覚が変容するという実感は、僕にとっては案外大きな気づきになるものでもあった。

幻肢が本人の意思で伸ばしたり短くしたりコントロールは難しいけれど客観的な働きかけによって変化するように、人間が意識的に操作できないものでも物理的な環境を介して影響を与えることができるような気がしたのだ。それは居心地のいい空間とか話しやすい雰囲気といった多くの人が感じたことがある「人と環境の関係」のことでもあるが、右足の切断という現象はそこに新しい可能性を示してくれたのだ。

第4章

# 身体が無くなる可能性

## 二〇二〇年六月一二日
# 新しい移動と〝できなさ〟について

切断して変わったことのひとつが「行ける場所が増えた」ということだろう。移動手段が大きく変わったからだ。切断後にリハビリに通うことや、その他の生活を考えて車を買ったことがひとつ。そしてもうひとつは、リハビリを経て一八年ぶりに乗った自転車である。

今までは都内の移動はバスや電車で目的地の近くまで移動してそこから徒歩で済んでいた。たまに仕事で大きな荷物を運ぶこともあったけど、スーツケースを引いたりしてどうにか事足りていたし、なにせペーパードライバーだったので運転の機会は遠のくばかりだった。

言い訳ではないが歩くことも好きだった。

知らない路地を通ってみたり、トマソンを見つけたり、ちょっとベンチでぼーっとしてみたり。都内の二駅くらいならのんびり散歩しながら移動することもあった。

しかし、歩き始める地点までは公共交通機関を頼るしかない。だから自分が知る街には空白地帯があった。それが自転車と車という選択肢を得た途端に自分の中の地図が大きく更新されていった。

移動手段のことを「足」と言うように、まさに「足」が変わった。義足は身体よりも自転車に近いものだし、義足も自転車も車も移動手段の拡張装置に過ぎない。身体への負担や操作性、掛かる費用が変わるだけなので基本的には「そこに行くまで何に乗りたいか」という選択肢なのだ。

と言っても気分だけで選べるわけではない。遠ければ車だし、近ければ徒歩である。しかしこれらを乗り換えていると、それぞれ体感速度の違いが移動中の考え事の仕方にも影響することをしみじみ感じているところだ。

当たり前なのだが、車は車線に沿って走っていく。急に曲がったりはできないし、今ならほぼナビに従って車線変更するばかりだ。

一方の自転車はもう少しマイペースに行き先の選択ができる。「次の信号を右だな、そろそろ車線を移そう」と「あ〜、ここの角曲がってみよ〜」とでは道の選択までの時間の使い方は結構違う。やはり後者の方が気持ちに余裕があるのと、移動を楽しんでいる感じがする。

歩き、自転車、車。それぞれ速度が上がれば上がるほど移動の選択のスピードも上がってくるので、考え事の仕方も変わる。

たぶん、歩くことも、自転車に乗ることも、車に乗ることもそつなくこなす人は当たり前に感じている違いなのだろう。三〇年目にしてこうも頭の回転も変わるのかと静かにびっくりしている。

というのも大学の卒論では人間の視覚行為について研究していて、その時は自分の「足」でしか視覚の移り変わりを経験していなかったことになるから、圧倒的に経験が足りていなかったなと振り返っている。

大事なのはここからで、この日記を書き進めて最近感じることは、「できるようになること」ばかりに目を向けていたなということだ。

確かに「無いものの存在」について考え、その変化を行動に活かすことは楽しいし、アートについての向き合い方や、キュレーションの技術に刺激をもたらしてくれる。しかし、少し貪欲に価値の転換を意識し過ぎていた気もするのが正直なところだ。もしかしたらできなくなっていること、「足が無い」というその事実に見落としていることがあるかもしれない。またこれも転換になってしまうかもしれないのだけど、「あ〜、できねぇ〜」ということにもっと気がついてみてもいいかもしれない。

## 二〇二〇年七月一〇日
# 戦略的なあいまいさ

ここで書いていることの多くは思いつきから始まっている。

ただし、なんでもかんでも書き散らしているわけではなくて、身体の変化に呼応しながら言葉を探っている。だから前回書いた「できなさ」ということも、あの時の直感で放ったものだ。そして今やっとその一投を拾えるところまで歩いてこれた。

今回はその「できなさ」の前後にあったものを考えてみたい。

それはアートとか福祉とかの横断というわかりやすいキャッチコピーの前に、自分が向き合いたかったもの、つまり「無いものの存在」にたどり着こうとするために大切なものという気がするのだ。


「できなさ」に目を向けた理由は二つある。

まずは、幻肢痛や義足のリハビリの経験を次のアクションへ繋げようと積極的になっていく中で、新しいことを見つけないといけないというプレッシャーが高まっていたことが要因のひとつである。初めての経験は楽しい。これまでに無い動きを獲得するのは文字通り〝新しい身体〟を手に入れた気分だ。

しかし、それは「障害」を孤立化させるのではないかという不安と隣り合わせだった。僕が約二〇年間、ある基準からカテゴライズされていた「障害者」という中で、「できること」の可能性を追い求めて幻肢や義足を自分の中で再構築していく作業は、マイノリティの中のマイノリティ化を進めている。こうして個／孤の特性としての「障害」は、いつしか自分の中でも思考を深める「タネ」から、障害をアイデンティファイする「ネタ」化してしまうのではないかという葛藤があった。

これは今でも自分の中ですっきりした回答は出ていない。

もうひとつは、四年ほど前に展覧会のプロポーザルの中で、「Tactical Ambiguity（戦略的なあいまいさ）」というキーワードを出したことが関係する。この展覧会は無理解から進む様々な社会の分断に対して思考を続けるための提案であり、作品を通じて多様な思考や意見の中を漂う実践を行なうアーティストを取り上げ、彼らとそうした社会状況について考えるというものだった。

僕は、アートとは自分の想像を超える他者と出会い、当たり前だと思っていた規範や自身の考えを絶えず変容させる技術でもあると考えている。

だから美術館やギャラリーは、安心して傷つくことができる場所だと思うのだ。作品は人を感動させることもあれば、深く落ち込ませたり考えさせたりすることがある。こうした暴力性は、例えば街中や日常で突然出合うと、本当にただの暴力になりかねない。美術館やギャラリー、またはアートプロジェクトには、「ここでは安心して傷つくことができる場所です」という設定を作っていく技術が宿っている。アートとは、そうやって人が安全に変容するための技術を磨いてきた歴史のひとつだと思っている。

「Tactical Ambiguity」というのは、アートという技術を通して、社会問題や個々の葛藤に対して簡単な答えを見つけず、あらゆる矛盾の中を漂い続けて自己を更新し続ける不断の想像力について考えるというものだった。

残念ながらその展覧会自体は実現しなかったが、その後このテーマについては様々な仕事の中で思考し続けてきた。

それはこの文章にも繋がっている。

骨肉腫、父親の脳腫瘍から考えたのは、人間の身体が変わることで影響を受ける思考について と、身体や思考の変容は当事者を通じて社会化されること（つまり障害者と呼ばれることや個の変容が病院や福祉という制度の中に生きること）だった。それはアートについての考えに影響し、反対にアートの歴史や実践が僕の思考を通じて身体に変化を与え続けてきた。

こうした一連の流れの中で、右足の切断とはある意味で人工関節という機能的に制限された右足が与えていた身体や思考のリミッターを外すきっかけとなった。これまでは実在する右足から思考が影響を受けていたが、その右足が幻肢となってしまったことで思考そのものになったような感覚でもあるのだ。

幻肢という存在が、「Tactical Ambiguity」へと結実していたアイディアを、不可視が故に具体的に自身の身体に落とし込んでいく兆しとなった。

以前、中井久夫さんの言葉を引いて、幻肢は自分にとって〝比較的ましなほう〟の選択であったのではないかと書いた。

「Tactical Ambiguity」もまた、自身を安全に揺り動かす方法として選択されるあいまいさである。それは「無いものの存在」と共鳴するアイディアなのだ。

二〇二〇年七月三〇日

# 静かな山は聞こえない音に溢れていた

朝、思わぬことから自分の世界の認識を揺るがされる出来事があった。

ちょうどコロナ禍に谷戸《やと》と呼ばれる谷状の地形に建つ家に引っ越しをした。ぐるっと見渡すと大体四分の三は山で、とても居心地がいい場所だ。

僕は家の前に広がる森の景色が大好きで、天気が良い日は庭にテーブルを出してデスクワークをしていた。

たまに鳥の声が聞こえたり、目の前の木にリスが見えたり、穏やかな景色だなと、ここに越してきてから数カ月ずっとそう思っていた。

ところが今朝、同居しているパートナーの「セミが鳴き出したね」という一言を皮切りに自分が見ていた森の印象が一変した。

セミの鳴いている声が聞こえない。

僕は一二歳で骨肉腫になった時に投与されていた抗がん剤の副作用で、高音が聞こえなくなっている。

例えば体温計や腕時計のアラームのピピピという電子音などがまったく聞こえない。さらにスズムシの鳴き声もほぼ聞き取れない。微かに鳴っているかも？という半信半疑な感覚があるかどうかという程度だ。

特にこれまでは日常生活で困ることは無かったし、たまに人に話すとちょっと驚かれるネタくらいにしかなっていなかった。

今朝も「あ、高音聞こえないんだ」で話が済むと思っていた。

ところが、「え、じゃあ今鳴いた鳥の声は？」「聞こえない……」「え、こっちの虫の声は？」「聞こえない……」。

「ここ虫も鳥もめちゃくちゃ鳴いてるよ！」

僕は毎朝静かな森の中でカーテンから漏れる光で目を覚ましていると思っていたら、四方八方から鳥や虫が鳴いている中で暮らしていたらしい。

僕が聞き取れている鳥の声はカラスとウグイスなどわずかな種類。一方絶対音感を持つパートナーの耳にはもっと多くの鳥や虫の声が聞こえていたのだった。

窓を開けて二人で耳を澄ましながら、聞こえていない声がたくさんあることを初めて教えてもらった。

そう言えば以前、風が強い日に、風から聞こえる音を擬音化したらどんな言葉かという話をしていた時も、パートナーは繊細な響きの音をいくつも出してきたが、僕は「ケゾォォォォォオ」としか聞こえなかった。

高音が聞き取れなくなってからたぶん二〇年ほどの間に、実は自分が知らなかった世界が隣り合わせに存在していた気がして、少し怖くなった。

活気に溢れた森の中を歩いても僕にとっては静かな森としてしか存在していないという、世界が重層化しているようなブレ。

ここでも「無いものの存在」という言葉を反芻する。

音の聞こえない鳥や虫は、僕にとっては目撃するまで存在することが無いのだ。

それはもうほぼカッパである。

足を切断したことよりも、聞こえない音があるということの方が僕にとっては心がざわざわする出来事だった。

## 二〇二〇年八月一三日
# 義足の相棒感

リハビリ施設を退院して丸六カ月が過ぎた頃。

義足もすっかり身体に馴染んできていた。それまでも問題は無かったが、義足と身体がもっと細かな神経で繋がったような感覚というのだろうか。義足が〝当たり前〟に身体になっていった。

実際に「最近歩くのがスムーズになった」と言われたので、客観的にも変化があるんだろう。

美学者の伊藤亜紗さんの紹介で、全盲の西島玲那《れな》さんと対談を行なった。西島さんは一五歳で網膜色素変性症を発症し、一九歳で失明したが、周囲の状況を頭の中で映像化して把握するなど独自の方法で自分の身体と付き合っている。西島さんと話している中で、お互いの義足と盲導犬との関係性が似ているという話になり、そこから義足の相棒感について思考を巡らすことになった。

相棒感とは、自分の障害を自身の支配下に置かないことで得られる信頼関係のことだ。例えばリハビリというものが標準化された身体や運動性能、社会性の獲得を目指すものだとすれば、そこにある義足とは医師・理学療法士・義肢装具士、さらには障害者本人にとって〝使いこなす〟というコントロールの対象となってしまう。

しかし、僕にとって義足はこちらの都合で振り回す単なる道具ではなく、コミュニケーションを取りながら一緒にアクセルを踏むような存在であった。僕は健常者の右足を目指してリハビリしているのではない。極端な言い方をすれば、リハビリなんて僕と義足と幻肢とで対話を始めるための儀式みたいなものだから、僕が僕なりの右足を義足と一緒に見つけられればそれでいい。だからそこには義足に〝ギソク〟という存在をちょっぴりはみ出させるテクニックとして、〝ゲンシ〟と組み合わせる試みがあった。義足に乗ることも、踊るような義足を想起するのも、義足という存在の背景に近づくことも。

被支配下でなくなった義足と付き合うには、お互いに信頼できる関係にならなくてはいけない。そう、お互いに、ということが大切だ。義足を着けたことが無い僕の身体と、僕を着けたことが無い義足にとって、幻肢はお互いの翻訳者になったんだと思う。

自分の障害を支配下に置かないことで、「無いものの存在」からのリフレインに耳を傾けるという技術があるのかもしれない。それは僕に限らず多くの人にとっても大事な技術になるのではないだろうか。

時の首相は原子力発電所の事故を「アンダーコントロールにある」と言っていたが、そう簡単に支配下におけるゲンシなんて無いだろうに。

一般的にネガティブに捉えられるもの、例えば僕で言うと「身体障害」と呼ばれるようなものに対して人は、極度に距離を取りたがってはいないだろうか。もちろん危険なものに対して動物的な直感で距離を置くことがあるのはわかる。しかし、危険との付き合い方を知らずに、共生やらダイバーシティやらを語るのはあまり信頼できない。特に「コントロール」「対処」「改善」「管理」というような、対象と自分の隔たりを作るやり方は僕の身を縮こませる。

骨肉腫で入院した時の毎月決まった期間投与される化学療法、足を覆っていた無骨な装具、いつか起こるかもしれない再発への危機感、切断後に幻肢痛の痛みのレベルを聞かれて薬を処方されること。「リハビリ」という過程もそうかもしれない。これらには「困難」に絶えず「対処」し続けなくてはいけない忙《せわ》しなさが漂っている。しかもこの忙しなさのほとんどは僕自身の身体に向けられている。

思い返せば一二歳で入院した時もそうだ。僕の小学校はキリスト教の学校だったので、お見舞いに来た教師に「神様が守ってくれているおかげだね」と言われ、小学生ながらムッとしたのを今でも覚えている。化学療法の副作用で髪は抜け落ち、毎晩胃液を吐いて、体重も激減しているのは紛れもない、目の前にいる一二歳の子どもの身体である。宗教自体への嫌悪感は無いが、目の前にある身体を飛び越えて「神様」を語るのは、僕が受け止めている現実を一元化されてしまったようで、あまりにも言葉足らずに感じたのだ。

病気や障害に「対処（治療）」することは誰も止めない。だからその正しさのために、当事者は置いてきぼりにされてしまう。専門家や、時に家族までも、その正しさのために僕のお尻を叩くことになる。その正しさからドロップアウトする道があるのかどうかなんて、迷う時間は一二歳の僕には無かった。

だから僕は、そうやって「対処」しなくてはいけない「対象」を作りだしてしまう関係が今でもしっくり来ない。これは幻肢痛を当事者研究することや、義足の相棒感で実践されている。

一二歳の僕が治療をドロップアウトする選択肢が無かったように（選択するかではなく、選択肢そのものがあったかどうか）、幻肢にも義足にも、僕との関係について考えてもらう時間が必要なはずだ。互いに支配から逃れる関係があると思うのだ。

非支配の関係は僕と幻肢や義足だけではない。

十代の頃からなぜか農作や園芸に興味があった。興味はあったけど実際にやることは無かったのだが、特に今年になってから農作に挑戦できる環境に暮らしているので、畑を耕し野菜を育てている。これが非支配を考えるにはとてもいい環境になっているのだ。

農作などに限らず「生態系」や「土壌」という比喩が用いられることは多いだろう。物事の因果関係が複雑に絡み合っていて、なんとなくふわふわして、豊かなイメージを彷彿とさせる言葉だ。言わんとすることはなんとなくわかるけど、実際の生態系や土壌のことなどほとんど実感が湧かなかった。

それが自分で畑を耕し、種を蒔いてみると「これか!」と少しずつわかってくる。同じ種でも植える場所によって成長は著しく違う。ぐんぐん成長しても必ずしも実をつけるわけではない。可愛い虫だと思ったら害虫で葉が全て枯れ落ちる。梅雨に元気が無かったけれど明けた途端に次々と実がなる。一日たりとも同じ景色はない。

そして周辺にはチョウ、クモ、バッタ、トンボ、毛虫、アリ、トカゲ、ヘビ、その他名前もわからない様々な虫と畑だけでなく家の中で出会うことも。自然状態では彼らは領域など無く存在している。よくよく観察し付き合いを重ねていくと、彼らの行動範囲や、悪意は無いことはなんとなくわかってくる。だから常にお互い様な空気がそこにはある気がする。ここに住み始めてからほぼ虫を殺さなくなった。東京の実家でクモを見たらきっとティッシュで包んで捨てていたと思うのだけど、今は家の中でクモを見つけても放っておく。パーソナルスペースが小さくなったのではなく、お互いの存在が許容されているから生物の個体数が多くても居心地は良いのだ。

これは「無いものの存在」にもどこか繋がってくる。つまり、圧倒的に理解できない環境の中で、身体を通じて「知らない」を許容し続ける感覚。クモやトカゲと心を通わせるわけじゃない。お互いの存在を自分の身体だけで完結させず、環境と地続きに自分を存在させているようなあり方なのだ。

これを書いている部屋には恐らく今もトカゲの親子が潜んでいる。その存在は突き止めて対処する必要も無く、彼らは彼らのやり方で、僕は僕のやり方でこの環境と地続きにいればそれでいいはずなのだ。

## 二〇二〇年九月二七日

# 普通、足は持たない

夏の間にたくさん汗をかいたせいか、断端がだいぶ細くなってきていた。早ければ年内に本義足の制作に入るかもしれないのだけど、断端はリバウンドすることもあるらしいのでもう少し様子を見てみることになっている。

断端が細くなって義足のフィット具合が変わったせいか、つまずきそうになることが少し増えたりもする。転びはしないのだけど、義足が予想に反して放り出されるような、相棒に意表をつかれる瞬間がある。これは自分としては結構小気味好いのだ。「お、元気だな」みたいな意思疎通の一種として成立している安心感がある。これが転ぶところまでいくと付き合い方が悪くなりそうなのだけど、「お、元気だな」の瞬間に頭より先に身体が対応できる程度なので、義足も加減がわかってちょっかいを出してきている感じだ。

この時に左足が勝手にダダダッとステップを踏んで対応するのだけど、足がどうなっているかは後から考えても全く思い出せない。身体が勝手に反応していて、その動きだけを取り出して再現することはできないのだ。

もしかすると僕はよく小走りのように足踏みをしたり、わざと義足のつま先やかかとのバネの反動を楽しむ動作をしているのだけど、何気無いこういうコミュニケーションの積み重ねが瞬間的な対応に繋がっているのではないだろうか。それくらい義足が楽しめている感覚がある。実際に義足って乗り物としてかなり面白いのかもしれない。


こんな風に義足から積極的にしかけてくるようなコミュニケーションもあるのだけど、一方で結構甘えん坊なところもある。

例えば足を組んだりあぐらをかく時には手で義足を持ち上げたりしなくちゃいけない。多くの人は普段、足を手で動かすことなんて無いだろうけど、義足はやたらと手のお世話になっている。

足を組む時だけではなく、そもそも義足を履く時も相当手のお世話になっている。シリコンライナーを断端に装着して、断端袋を履いて、身体の向きと揃えて義足に断端を通す。仮義足ではピン式のライナーなので、義足のソケットの穴にピンを通して、横に飛び出した金具を回してピンが抜けないように締めていく。この一連の工程は当たり前のように手が寄り添っている。

手と足がこんな風に頻繁に関係を持っていることに気がついてみると、義足は「足」という機能だけでなく四肢のメディウム（媒体）となって、身体を使わせているように感じられる。義足と手（を含めて全身）は、お互いがお互いの存在を必要とするので、そこには腹黒さもあるのかもしれない。

装身具の類はこうやって単一の機能に収まらずに身体の動きを誘発してくれる。この動きが意識化せずに発動できる状態が身体の負担が少ないはずで、それはつまり心理的な不安も軽減された状態だ。「転ぶかも」というような意識は、身体と義足のリズムを乱すので、そこに介入しないような設定を自分自身の心と身体に与えていかなければいけない。それは義足を履いて歩き出すことよりももっと前から始められるはずで、外した義足をよく見るとか撫《な》でるとか、幻肢を仲介させることとかから「義足」が始まっているのかもしれない。

二〇二〇年一一月一五日

## 「セルフ」を取り巻く技術

約一年前に右足を切断し術後のベッドの上で、気が向いた時に、何か発見があった時に、その時の個人史として書き綴ってきたこの日記は、そこからまた新しいことを考えるきっかけにも繋がっている。

そもそもどうして足を切ったのかを改めて振り返ると、それは一二歳の誕生日に発覚した骨肉腫に遡る。約一年間入院して化学療法による治療、右足の膝上から足首までの骨を切除し人工関節への置換手術をした。成長期で身体は大きくなり、左足と右足の長さに差が出てしまうので、十代には右足の人工関節を長くする手術などを数回しており、運動機能はあまりいいものではなかった。そして何より人工物が体内にあることで感染症のリスクが常にあった。実際当時すぐに処置しなくてはいけないレベルではないにしても、身体には炎症反応が出続けていたりもしたのだ。

特に二十代前半からは毎日のようにロキソニンを飲まないといけないくらい足に鈍痛が

あったり、ぽっかり空いてしまった足首の傷から滲出液が出るのを、自分でガーゼを当てて包帯を巻いて処置するのが日常だった。幸い再発は無かったものの、人工関節の右足がずっと使えるかは本人としては疑問があった。

それが夜道で転んだことをきっかけに病院に行ったことで、感染症が進んでいることがわかり、切断に至った。

切断することが決まり、楽しみだったことがいくつかある。

毎日滲出液の処置をしなくてよくなること。痛み止めが不要になること。自転車に乗れるようになること。そして、幻肢痛を体験すること。

とりわけ幻肢痛は手術を終えてベッドに戻される最中、麻酔で朦朧としながらもはっきりと感じたのだ。右足が内側から熱い。ジンジンする。もしかしてまだ足がついてるのでは？と足元に目をやると、ぐるぐる巻きの包帯の先に右足は無かった。その瞬間、これが幻肢痛かというなんとも言えない興奮が湧き起こった。これまでも治療の中で様々な身体の変化を感じてきたつもりだ。

神経の検査で足に電極の針を刺して電気を流したり（泣くほど痛い）、睡眠物質と興奮物質が同時に投与された時は幻覚が見えたりもした。そんな中でも幻肢痛が衝撃だったのは、切断したという事実を超えて圧倒的に自分自身の身体がそこにあるという真実を感じたからだ。無いはずの肉体の体温を感じる。まだある。まだある。そんな感覚がひしひしと伝わる。

## 「無いはずの存在」

右足が無いのは事実である。でも、そんな事実と同時に自分にとっては「右足の存在を感じる」という真実を無視することはできなかった。目に見えないものの存在をどうやって信じることができるか。それは別に幽霊の話ではない。普段関わるアートにおいても、様々なものを想像することが必要になる。作品のリサーチを通じて出会う過去の人々の声。まだ出会っていない鑑賞者。展示された作品が未来へ働きかける可能性。限り無く目に見えないものを想像しながら、その痕跡を具体的な作品やプロジェクトのディテールに落とし込んでいく。抽象と具象と行き交いながら、言葉では埋められない飛躍の中でアートはようやく社会化されていくことがある。

切断してもなお感じる右足の存在は、僕にとっては単なる治療の対象として忘れ去るには惜しいものであることは明白だった。キュレーションの語源は「世話をする（curare）」である。アートを「よりよく生きるための術」として思考するのであれば、これはまさに自分自身の身体を通してキュレーションの技術を磨くことであった。

自分自身の身体を通して磨くキュレーションの技術。これに繋がるのは建築家の佐藤研吾さんと交わした、自ら設計から施工まで行なうセルフビルドの話だ。佐藤さんが「セルフビルドはある種の素材へのフェティッシュな愛着がある」と言ったことが心に残った。佐藤さんは僕が抱いていた建築家像と異なり、現場で多くの時間を過ごし、素材に触れて手を動かし、図面を引き直す。その有機的な計画は、もはや計画すらないような、ただ一貫した振る舞いがあるだけのようでもあった。完成するディテールに寄り添うことで、きっと計画しただけではできないものが出来上がる。しかしそこにはいいものが出来上がるという保証は無いはずだ。ただの遠回りかもしれない。しかし、「かもしれない」を生み出し続ける可能性は開かれ続けるはずだ。

そんな素材への愛着という言葉から僕は自分の幻肢や義足との付き合い方を想像した。そして同時に僕が想像する展覧会やアートプロジェクトのあり方も。僕のキュレーションにとって大切なことのひとつは「あらゆる物事の初期設定」を作るということだ。アーティストへ企画の趣旨や意図を伝える方法、協力者への声のかけ方、スタッフとのミーティングの方法……。アウトプットが生まれる前のあらゆる所作から既にプロジェクト化していく可能性を秘めており、プロジェクトの起点は思わぬところに見出せるはずだ。それはただの遠回りかもしれないし、急がば回れで最終的なアウトプットに影響を与えるかもしれない。

「無いものの存在」との付き合い方で言えば、幻肢痛をケアすること、義足のリハビリに取り掛かることも、既存の治療やリハビリのスタートに立たない初期設定があるように思ったのだ。痛みを一〇段階で言い当てさせる医療では、幻肢痛の圧倒的な当事者性には近づけない。だからと言って自分のリアルに固執しては、自分を助けてくれるはずの医者や理学療法士、義肢装具士らとの対話が成り立たなくなってしまう。そうではなく、お互いが新たな当事者として対話のスタートに立つような、そんな初期設定がしたかった。

科学的検証のもとに作られ、一般化したマニュアルのリハビリももちろん大切だけれども、切断当事者にとってはリハビリを始める日からがリハビリではない。スポーツ選手が身体作りのために日常的に細やかな配慮をするように、リハビリ室に入るよりもっと前から僕のリハビリは始まっている。

これをすぐに一般化するのは難しいと思うけれど、キュレーションという技術を自分自身の身体に向けることは、「治療」や「リハビリ」という言葉から飛躍しつつも、その中では創造できなかった「ケア」を作れるのかもしれない。切断、幻肢、義足、アート。あらゆる変化を横断する技術が見出せるのではないだろうか。

## 二〇二〇年一二月二七日 身体が無くなる可能性

切断してから一年が経ち、義足生活も一一カ月ほどになると足があった時のことはすっかり過去のこととなり、違う身体を手に入れたというインパクトの中であっというまに時間が過ぎていった。

切断には前向きだと書いてきたが、思えば僕は長いこと「足は無くなる可能性がある」中で生活してきたのだ。

人工関節には感染症や怪我などのリスクがあり、常にその爆弾のような右足を見守らなければいけない。足の長さを左足に揃えるための脚延長手術を繰り返したことで右膝の曲がりも悪くなり、ほぼ曲げられない足を取り回すのは日々小さなストレスもあった。そんな足を使いながら「この足はずっとは使えないだろうな」という予感がずっと頭の片隅に残っていた。

おじいさんになった自分がこの足で歩いている姿がどうも想像できなかったのだ。車椅子に乗っているのかもしれない。いや、そもそもそんな足腰弱るまで生きているだろうか。技術が発達して何か新しい選択肢があるのかもしれない。でもどれも現実味が無く、そしてそれらの選択はあまり気が乗らないものが多かった。いずれにしても自分の右足はいつまでも使えるものであるという保証は無いと思っていた。

自分の身体にぴったりとくっついた右足だけれども、どうも自分のものじゃないという一種の違和感。

身体が「在る」ことを知覚するのって案外難しいんじゃないかと思うのだけど、みんなは自分に身体が在ることをどこまで当たり前に感じられているのだろう。何も殴られなくたって、寒い暑い、痒い、くすぐったいなど些細なものでも刺激があって初めて身体の存在が意識に浮き彫りになるのではないだろうか。それは裏返せば刺激が無くても身体が在るという安心感を持っているということかもしれない。きっと子宮にいるうちから長い時間をかけて、「在る」ことを意識し続けて自分の輪郭が出来上がっていくのだろう。

ある日突然足が無くなったら、そんな安心感が急に脅かされたことになるけれど、僕は一二歳で発病後、一八年間を費やして「無くなることへの安心感」を右足の皮膚の下に作り続けていたのかもしれない。一八年という時間は、身体があることの自信をつけ続けてきた一二歳という人生よりも長い。無くなることへの安心感を、それ以上の時間をかけて再構築してきた。

そうやって作ってきた自分の身体が無くなる可能性は、ネガティブかポジティブかという二項対立ではなく、もっと違うものを見つけるために開かれた選択肢だった。その可能性がどんなものか、今ようやくわかってきたことは「安心して変容することができる」ということだ。

身体にしろ、意見にしろ、自分が変わることは決して悪いことだとは言い切れない。足を切断することも、自分の考えが間違っていたと気がつくことも、自分自身を更新する分岐点としてちょっと横道に逸れてみる可能性を開いてくれる技術が僕の右足の皮膚の下に埋もれていたのだ。

去年右足を切断したことで、きっとその可能性が身体の外に出てきて、自分の足以外にも使えるものになってきた気がしている。

身体が無くなる可能性の中で醸成されていたものが、身体が無くなった今では幻肢を依《よ》り代《しろ》に存在し続けているのかもしれない。

## 二〇二一年一月一八日
# アートとか医療とかっていうか、美味しい鍋作りみたいな価値

断端が細くなり股やおしりがソケットに擦れて痛い日々が続いていたけれど、なんとか一二月中にソケットの調整だけ駆け込むことができた。

調整といっても擦れると思われる箇所にパッドを貼って隙間を調整するだけ。

調整直後は随分と楽になったように感じたけれど、数日履いているとカバーしきれないところに痛みが残っていることに気がつく。

痛いところがあり、対処する……なんて単純明快な作業なんだろうか。そこには僕という当事者がいて、僕から痛みが取り除かれることがいいこととされる。幻肢痛の声を聞こうとした時とは違って、痛みが取り除かれ快適さを得ることが価値とされる。こうして患者自身の中で完結している価値観が、えらくシンプルに見えてきたのだ。

切断後に自分が幻肢や義足と向き合っていることを発信すると、様々な人が興味を持ってくれた。幻肢の感覚に関心を持つ人、見慣れない義足に関心を持つ人、アートを背景に

変化する身体を記述すること自体に関心を持つ人。それがそれぞれの関心から切断、幻肢、義足、はたまたアートについて興味を持ち、質問を投げかけ、対話してくれたことはとても嬉しかったが、傍《はた》から見てどんなに好奇心を煽《あお》るものであったとしても、大切なことは「自分にとっての価値」を大切にすることだと思うのだ。多義的な視野で見ればそこに様々な価値があるかもしれない。自分自身もそこにアートやキュレーションにおけるユニークな技術の源を見出した。しかしその視野を拡大させて、いつしか誰のためなのかわからない中で、自分自身の身体の変化を晒《さら》してはいけないと感じたのだった。

しかし、その「自分にとっての価値」というのも、実はよくわからなくなっている。もちろん痛みやストレスを解消することはきっと価値があることだが、恐らくこのトリッキーな障害受容のプロセスを設定してしまったために、僕は過度に幻肢や義足に意味を見出そうとしてしまったのかもしれない。

こうした戸惑いもある中、本義足の制作の準備も進めていた。義足を作る時に好きな布を持っていくと、貼り合わせて好きな柄のソケットの義足を作ってくれるのだが、僕はその布を自分で作ろうと思ったのだ。

僕が本義足のソケット制作で用いるものは全部で四つ。僕の誕生日に植えた藍で染めた布、切断した右足の遺灰から作られた顔料、同じく遺灰を混ぜた芭蕉紙、そしてそんな本義足のコンセプトを図案化したタトゥーを入れたこの身体である。

これらの素材を本義足に組み込むことで、失った右足（遺灰）や自分が踏む大地（藍染）を身体に循環させようとする意図がある。なんだか歩き出したくなるような、そして義足自体も喜ぶようなものを目指して始まったものだ。

最初は、これはアートプロジェクトのようなものでもあると思っていた。実際に制作にはアーティストでもあるパートナーも関わり、パートナーも「これは作品かも？」と思っていたそうだ。

しかし、制作に向けて協力者の方々と打ち合わせをしながら、ふと「自分は一体なにをやっているんだろう？」と考えた。誰も作ったことが無いようなものを作るので、染色や紙、縫製など様々な技術が混ぜこぜに動員されている。目指す先は義足のソケットに貼り合わせるたった一枚の布。この義足を履けるのは僕一人。どうやったらいい布が作れるのか試行錯誤している時、これはアートでも作品でもなくて、先述した「切実な創造力」という言葉がしっくりくるのではないかと感じたのだった。

「アート」であることを手放し、ましてや「医療」的に機能改善するような布でもない。でも関わってくれている人それぞれが切実に創造力を働かせているこの布作り。なんだかみんなで美味しい鍋でも作っているような感覚なのだ。

「美味しい鍋が食べたいね」

「Aさんのところの豚肉は美味しいよ」

「いいね、じゃあAさんに豚肉を分けてもらおう」

「うちの豚肉にはBさんの白菜が合うだろう」

「いいね、いいね、せっかくいい食材が集まりそうだから、魅力的な鍋を使いたいね」

そんな風にただ美味しい鍋を作ることを楽しむ何気無い行為なのだ。

出来上がった鍋を食べて「これ美味しくない?!」って楽しくなって、ちょっと仕事頑張っちゃうみたいな、そんなことなんだと思う。「アート」とか「医療」の中で、「美味しい鍋作り」の価値観が量れるだろうか。むしろ「価値」として残らなくてもよくて、アートや医療の専門的な技術を通してその人にとっての美味しい鍋を作ることができる、そういうことも大切じゃないだろうか。

# 第5章

# わからないものをわからないまま

## 二〇二一年四月一六日
# キカイダーありがとう

最近は少し寒い日が続くけど、ようやく暖かくなる気配を感じる。ボロボロになっていく長ズボンから、そろそろ短パンがはける季節になってきた。

義足生活も既に一年以上が経ち、生活上の基本的な使いこなしや課題なんかは見えてきた。色々な人と義足や切断について話をすることも増えてきた。僕が義足を見せびらかすものだから、周囲の人も話しかけやすくなったんだろう。どんな言葉を使うか、どんな態度で話をするか、自分のことを語ると良くも悪くも「ネタ化」してしまうので、気をつけていることもあるけれど、こうして自分が開かれていくことは面白いことだと思っている。

義足を見せると、大概の大人は「かっこいいね」というような反応を示す。「触っていい？」と手を伸ばしたり、構造や使い心地について聞いてきたり、義足は義足のまま話が進む。しかし、この一年間、子どもに対して真っ向から「義足」を伝えられた覚えが無い。大抵は子どもに付き添った大人が「お兄さんの足はロボットなんだよ」というような説明をして、僕もそれに便乗して話を合わせてしまう。

「ロボット」「機械」「キカイダー」

あれだけカッコいいと自慢していた義足が安直なSF的比喩にまとめられてしまうことにどこか勿体なさを感じないだろうか。確かに「ロボット」とか言っておけばわかりやすいし、「足が無い」という現実が絶妙にズラされて、SF的な世界観で「ポジティブ」変換されていく。しかし大抵の子どもは直面するSFにきょとんである。続く言葉といえば「どうして足が無いの?」と聞かれ、「病気になっちゃったんだよ」なんて答えたりするが、それは義足自体とはまた少し違う話だ。

義足ってキカイダーなのか?

僕はキカイダーを見てきた世代ではないけど、確かにキカイ（っぽい）のカラダなので、「お兄さんの足はキカイダー」でも、子どもも大人もなんとなく了解できそうだ。でも義足はキカイダーでもロボットでもないだろうと、心のどこかから呟きが聞こえてくる。なんと言えばいいかわからないけど、ふくよかな人をお相撲さんに喩えるような安直さというのだろうか。容姿をイジるとは少し違うけれど、義足をロボットに結びつけてしまう回路には想像力の限界を感じてしまう。僕は自分の義足がカッコいいと思っているけど、キカイダーを超える言葉でその魅力を子どもに伝えられないのだ。

たぶん僕から上の世代にとって「キカイダー」は見たことの有る無しに拘らず、なんとなく了解される「人」と「機械」の融合の姿なのだろう。キカイダーにしろロボコップにしろ『AKIRA』の鉄雄にしろアイアンマンにしろ、みんなのおかげで義足の説明がある程度のところまではできるようになっている気がする。それは決して悪いことではない。キカイダーにはありがとうと言いたい。

でも、キカイダーたちがいたが故に、義足への想像力はキカイのカラダで止まってもいるとも思う。義足は失った足だけを補完しているわけではなく、これまで書いてきたように幻肢との繋がりなど、もっともっと色々な可能性の中に位置づけられるはずなのに、義足は今はまだ「キカイダー」から抜け出せていないのかもしれない。三〇年後に足を切断して義足を使う人は子どもに義足を「キカイダーだよ」って説明するとは思わない。その時、どんな言葉が生まれているのだろうか。

「無いものの存在」とは、そうやってまだ無い未来の想像力を生み出す余白の在り処でもあり、可能性を作り出すための場所であるのだ。

## 二〇二一年六月二一日
# 幻肢性と飛躍

今年は梅雨入りしたかと思えばすっかり夏みたいな日もある。

徐々に断端の汗の量も増えてきたのを見ると、断端がまた痩せてしまって、本義足のソケットにフィットしなくなるんじゃないか……なんてことも頭を過《よ》ぎる。

「幻肢痛は一〇年近く経ってもするよ」と僕よりも先に切断した友人が言っていた通り、義足への適応や断端の変化はあれど幻肢は自分の存在を主張しているから面白い。

そんな幻肢を感じながら「幻肢性」について考えている。

幻肢痛、幻肢がどんなものかは医学的に調べたりされていることだろう。でも「無いものの存在」として綴っていることは、決して幻肢の原因を見つけることでもなければ、治療法の開発ではない。ここで書いたこと、まだ書いていないこと、頭にも浮かんでいないことの多くは、実は幻肢痛それ自体から「幻肢性」のようなところに向かっているもののような気がしたのだ。それが「無いものの存在」という言葉を導いてくれたのかもしれない。つまり「幻肢」が何かわからないけど、それを通して得られる効果を「幻肢性」のある状況として考えてみている。

そんなことを考えていたら、大学の卒業論文を書いている時に担当教授から「青木くんの論文には独特の飛躍がある」と言われたことを思い出していた。

論じていることが僕の頭の中では繋がっているのだけど、論文の中でAからBへ話を展開させる時にその間が抜けているのだそうだ。これはどういうことかと聞かれて口で説明はできるのだけど、文章で冷静にそれを伝えるのがどうも不得意だったらしい。

何かの企画を考えたりする時、僕の頭の中はまるでアニメの空中戦のように縦横無尽にキーワードやアイディアが飛び交っている状態になる。様々な記憶や関心、アイディアが頭の中をビュンビュン飛び回っている中で宙に浮いている感覚があって、飛び交うアイディアをパッと摑んでいく。一見すると無関係に見える事象も、そこにたどり着くプロセスには何らかの意味や因果関係があるので、自分の中ではその接続に必然性を感じてしまう。

幻肢痛も圧倒的な矛盾の中に、これまで味わったことの無い感覚への飛躍がある。

身体は無いけど感覚はある、という客観的には絶対に事実と異なるけど僕にとっては紛れもない真実を受け止める時に、突き抜けるような爽快感すら覚えてしまう。

この圧倒的な矛盾という爽快感は、幻肢痛を感じた当事者をあらゆる可能性の中を全力疾走するジェットコースターに導いてくれるのだ。この身体感覚と思考が連動することで生まれる効果を「幻肢性」と呼んでみる。

もしかしたら「青木くんの独特の飛躍」とは「幻肢性」のひとつだったのかもしれない、とも思えたのだ。そうすると、幻肢性は切断当事者だけのものではなくて、誰もが持ちうるものになるんじゃないだろうか。

そのためには、まずは自分の中で圧倒的な矛盾のような〝わからなさ〟を大事に抱えることで、それまで理解できることしか見えていなかった世界を解きほぐしていく。さらには身体や思考の中にぽっかりとわからなさの領域が生まれたことによって、いつもとは違う遠回りをすることになるかもしれない。しかし、その遠回りという余白にこそ、その人にとっての切実な創造力を生み出す可能性がある気がするのだ。

右足の切断という下肢機能障害は、「幻肢性」という新機能にだってなる。

## 二〇二一年九月二二日
# 義足の価値はどこにあるのか？

本当だったら他愛も無い時間が流れたかもしれない日常の余白が、コロナとオリンピックで埋められていってしまったことが心をどんよりさせていた。

極力そういう大きな話題から距離を置いて過ごしているつもりだったけれど、避けられるものでもない。これらの話題に対して、本当にちょっとした考えの違いが、まるで大きな溝のように感じられてしまうことを多くの人も経験したんじゃないだろうか。

すっかり時間が経ってしまったが、やっと本義足の制作に向けた「判定」を受けることができた。

判定では、作業療法士、義肢装具士、医師の三段階があることは当日会場で受付を済ませた後に知った。そんな少年漫画みたいな勝ち抜きシステムなんて聞いてないぞ……と既に準備不足を感じながらも判定がスタートする。

診察室に通された後、まず使用している仮義足が義肢装具士によって別室へ持っていかれたところで、相棒のいない生身の僕と初対面の作業療法師とのファーストラウンドが始まった。

現在の生活状況や義足の使用感など、基本的な質問が続いていき、徐々に本義足で使用したいパーツに関する質問へと移っていく。するとそこへ仮義足を持った義肢装具士も現れ、「やけに義足が汚れてますけど、何してるんですか？」と投げかけてくる。僕はＤＩＹで塗装作業などをしたり、農作業をするし、そもそも義足が汚れても気にしていなかったので、それって汚れている方なのか？　汚れてちゃいけないのか？とか頭をぐるぐるさせられてしまった。

まるで陽動作戦のような連携プレーに完全にペースを持っていかれてしまったのだ。そこからはもう手も足も出ず、希望していたパーツについてはもっと他の選択肢があることを提示されたところで最終局面、医師が登場する。ここは呆気《あっけ》無い問診と歩行確認、提示されているパーツの確認などで全三ラウンドが終了となった。

別に勝負事じゃないし、優しい三人だったのだが、なぜか少し悔しい気持ちで診察室を後にすることになった。もちろん多くの患者さんや義足を見てきたプロなのだろうけど、初めて会った人たちに自分がこれからほぼ一生使うだろう足を、それぞれの経験知と共通言語化されたカタログのスペックと金額で選択されてしまうのは、どうしても釈然としないというのが正直なところだ。

この違和感はどこからくるかというと、義足に対する価値観をどう作っていくかというところにあるのかもしれない。

人の身体に対して「親指はもっとこういう方がいいんじゃない？」と言う人はなかなかいないだろう。しかし、他人の身体に向かって「もっとこうした方がいい」が言えるのが義足だ。

代わりが利《き》かないことによる唯一性によって大切にされるのが生身の身体なのだとしたら、まさに〝代わりが利いてしまう〟義足は、自分だけのものではなくなっていく。ここに義足を作ったり使ったりすることの面白さがある。

少し横道に逸れてみる。

例えばアートにも様々な価値観がある。作品を売り買いするアートマーケット、特定の地域で開催される芸術祭、福祉施設など特定の分野やコミュニティと深く関わるアートプロジェクトなどなど、それぞれに異なる価値観があるとも言える。他にもストリートアートに詳しい人は「グラフィティが面白いのは、その良し悪しを決めるのは批評家やギャラリストじゃなくて、実際に街に立つグラフィティライターだってところなんだ」と言っていた。

アートというシステムの中では常に批評家やキュレーター、コレクターなどそれに価値があると認める選定者が介在している。だからこそ美術の文脈によって紡がれる歴史や、それを参照することで現れる新しい表現、そしてそれらの新陳代謝が育んでいく価値というものがある。

しかし、「無いものの存在」でも当初から考えていたのが、特定の個人にとっての価値が必ずしも美術史のような大きな歴史の価値と同列には語れないことの難しさだ。幻肢の経験や義足での生活を通して感じたのは、その人自身にとって大切な主観的な感覚と向き合うこと、そして生まれる「切実な創造力」の存在だった。


ところが、本義足の制作を行なうにあたり、初めて自分の義足に他者の価値観がはっきりと介入してきたことにびっくりしてしまったのだ。もちろんそれまでの仮義足も作業療法士や義肢装具士からのアドバイスによってパーツを選んできたのだけれども、そこには常に時間をかけたコミュニケーションがあった。恐らく僕と作業療法士や義肢装具士とのコミュニケーションでは、決まったことを一方向に伝える伝達ではなく、双方が同じ目的地に向かうための生成モードで対話が進んでいたのだ。それは義足の背景を知ろうとしたり、自分の仕事について話をしたりと、周囲にあるものが目の前の義足を包み込んでいくような時間があったからだと思う。
しかし、本義足の制作では判定者との間のコミュニケーションは、伝達モードのみだった気がしている。どんなことができる義足が理想か、どんな風に義足を使いたいか、そういった話を一緒にする余白が無かったのは残念だった。

義足の価値はどこにあるのか。それはやはりあくまで、ユーザーにとっての価値だろう。しかし、義足はユーザーが全て作れるわけではない。だからユーザーだけじゃなくて技術者や制度を総動員して制作する。そして個々のユーザーの評価がこれから義足を使う人たちの価値観を作っていくんじゃないだろうか。そこには小さな物語から紡げる大きな物語があるのかもしれない。だから僕は最大限に義足を楽しんでみたいと思うのだった。

二〇二二年三月五日

## わからないことをわからないまま

車を運転している時、アクセル操作をする左足の邪魔をしないように、義足は左足の内側に曲げているのだけど、幻肢だけはまっすぐに伸びている。

義足とは関係無く平然と幻肢の時間が流れていることがある。


こうして文章に記録することを止めて半年近く経ってしまった。

その間に淡々と幻肢を感じながらも、悶々《もんもん》と過ごす日々が続いていた。

誰に迷惑が掛かるわけじゃないし、文章ももう書きたくないなぁとも思っていたけど、いや、その書きたくなくなったことも含めて「無いものの存在」として考えることだからそれ自体も言語化しようと思い、ヨイショと書き出してみたのだった。

本義足制作に向けた実験で、遺灰での顔料作りを成功させたのだが、楽しい本義足制作とは別に、悩みがあった。

それは主に仕事に関することで、自分が関わる事業をどうやって評価し言語化できるのかが課題になっていた。僕が主に関わっているアートプロジェクトと呼ばれる分野では、自分たちの行ないや作品が美学的価値や社会的価値の間で揺れ動くようなことがある。価値創造と言えば聞こえはいいが、要するに何をやっていて、何がどうすれば意義があることになるのかを捉えにくい。ましてそれを多くの人と共有していくことなど本当に正解が無い中を右往左往する忍耐力が求められる。

ちょうどその頃、美術系のメディアで「アートの価値」についての特集が組まれ、自分もアートにおける労働問題に関する座談会への参加と、特集のテーマに関する作品紹介などをさせてもらった。

実を言うと後者のような作品の選定はあまり好きじゃない。さらに苦手なのは、展評（展覧会批評）と呼ばれるものだ。そのどちらも読むのは好きだし、自分の企画が批評されたら嬉しい。批評によって議論を深めたいし、その役割を決して軽視しているわけではない。ただ、それは自分の役割じゃないと思ってしまうことがある。これはキュレーターとしては良い身の振り方ではないと思うのだけど……。

そもそも僕は伝達のコミュニケーションが苦手で、どうしても生成のコミュニケーションに持ち込んでしまいがちである。「コレだよ！」よりも「コレじゃないかなぁ？　どう思います？」という感じ。仕事柄プレゼンも多いけれど、完全なプランを発表するよりも「どう思います？」から応答を続けるような会話の方が心地が良い。

だから何かをジャッジすることが必要になると、とても胸が苦しくなる。この半年から一年近く、ずっとそういう評価ということが頭をぐるぐるしていた。つまり、不定形なものに輪郭を与えていく作業に悩んでいた。

悩んでいても目の前の事業は進んでいくから、ジャッジを強《し》いられ続けるような切迫感があった。

同時に、そこに自分が足を切断してからのことを重ね合わせる。

幻肢は身体を通じて僕の思考にとてつもなく影響したし、僕もそれを利用した。そうすることで今まで出会えなかった多くの人とも出会えたし、そこで生成されるコミュニケーションもたくさんあった。

しかしそれによって自分にとっても未知で不定形だった体験が、パッケージング化されて、輪郭が出来上がっていく感覚も増していった。僕は自分でもわからないことを、ただわからないこととして記述しているだけのつもりだ。そこから「わかる」ことなんてひとつもないと思っている。「わかる」ことを摑まれるよりも、その人自身が「共感」してくれることがあるなら、その共感についてたくさん話をしたい。

幻肢痛というとてつもなく主観的な体験が突出していった時に、自分しか勝てないゲームを作っているような気分に陥ってきていた。そのゲームの価値が自分の手の中にしかなかったらどうしようと思って不安になった。だから、その経験を話したり言葉にするのが少し嫌になってしまっていた。

仕事、幻肢、自分を取り巻くものの「価値」に、自分なりの対処が見つからなかった。「無いものの存在」で考えていたことは、切除されても存在感を放つ幻肢という矛盾の中で、単一の価値や断定を避け続ける強い柔軟性が人間には備わっているという可能性そのものであり、それを言語化したのはその可能性への感動をどうにか残したいと思ったからだ。

本義足はそんな強い柔軟性の中で自然と生まれていって欲しかったから、戸惑いを感じた時に制作を手伝ってくれていたパートナーに「このまま義足の布を作ることはしたくない」と伝えたのだった。ちょうど遺骨の顔料でどんな図案を描くかを話し合い始めた頃、どうも納得のいくアイディアも出ないし、そもそもそこで「納得」が頭を過《よ》ぎっていることが釈然としなかったのだ。その「納得」には「無いものの存在」とは程遠い価値の線引きが潜んでいると思ったから。でも、もしかしたら休みの日に日光浴をしながらお茶でも飲んで、穏やかな気分だったら自然と図案が描けるかもなんて期待をして、ややもやを抱え続け、今日描けるかも？　いや描けない、を繰り返していた。どうしてこんなに「価値」に追われるのだろうと本当に限界に達してしまい、それが爆発してパートナーに本義足の布作りの中断を、ＳＯＳとして発したのだった。何が大切だったかというと、そうやってＳＯＳを出せたこと自体が重要だったと思うのだ。

切断後、ベッドの上で感じ始めた幻肢痛は夜も寝られないくらい痛かった。でも幻肢自身や僕の身体はそれを「治して欲しい」とは訴えていないように感じた。むしろその存在を肯定して欲しがっているような気さえした。死んだことに気がつかない幽霊の描写のように幻肢自身の戸惑いも感じたので、無かったことにするよりもその声に耳を傾けようとした。痛みを無くすことは医者を「納得」させるかもしれないけど、幻肢はそんな納得よりもただ存在を肯定されることを求めていたのかもしれない。

だから「無いものの存在」の延長にある布作りにおいても、何かを決定的に解決して「納得」するのではなく、その逡巡全てを吐露していけることが、一番しっくりきたのだ。

そういう吐露は伝達ではなく、不定形を差し出して生まれる生成のコミュニケーションではないだろうか。

周囲の友人たちに「もう書きたくないんだよね」と漏らしたところ、その気持ちを含めて書いていっていいんじゃないかなと言ってもらえた。

あ、確かにそれが「無いものの存在」としてしっくりくるよな、と思ってこうして文章に残しているのである。

書けないことも書いていく。わからないことをわからないまま。

## 二〇二二年四月三〇日

# それはそれ、これはこれ。

「わからないことをわからないまま」にすることは果たしてどこまで可能だろうか。いつまでも言葉にはなり切らないことを考えるのは、「無いものの存在」そのものでもあるような気がする。でもこの〝不確実さ〟を〝確実〟に伝えようとしてしまうことは、元々色々な矛盾を抱えていることであり、こんな戸惑いを延々続けるくらいがちょうどいい塩《あん》梅《ばい》なんてないんじゃないのか？と感じることもある。

いや、むしろ自分が直面している事態には、ちょうどいい塩梅と言い聞かせていくことしかないのかもしれない。

切断された足を知覚してしまうというとてつもない矛盾を引き受けるために、自分の身体の輪郭はあっけなく解体されていく。そして右足には〝不確実さ〟が絡みつき、自分の存在を不可視な世界と接続させてしまう。ドーナツの穴がただの名も無い空白ではなく、

「ドーナツの穴」として存在してしまうように、「無いもの」の存在について考えることで、その「不確実さ」は一見すると〝確実〟な何かになりすましていく。

自分の手元にある時には不定形なのに差し出そうとすると、急に相手に合わせて輪郭を帯びてしまい、強く、固い何かに転じてしまう。


つまり切断という経験を自分なりに言語化することや、躊躇無く身体の変化を楽しもうとすることが、「ポジティブな障害者」であったり、「福祉やアートを繋ぐキュレーター」のような鉤かっこに覆われてしまうことが正直不安なのだ。

その〝確実〟な手触りに甘んじて自分の一挙一動をネタにしてしまわないか怖いのだ。

不確実さの中を漂い続けることは体力がいるから、「ポジティブ」でも何でも、確実に摑める足場があると手足を伸ばして休みたくなる。でもそれは自分が用意した足場じゃない。僕の不確実さを受け取った誰かが差し出してくれた足場だから、そればかり求めてしまうと〝不確実さ〟はきっと途端に枯渇してしまう気がするのだ。

勢いのある不確実な流れを摑み、そこから確実な構造にすることはいいこともたくさんある。例えばハウツーと呼ばれるものには、流動的なものを分解して複製可能な型を作って構造化する仕草があるんじゃないだろうか。

「無いものの存在」はきっとそれとは異なる力を持つものだ。止まらずにすり抜け続けて不確実であり続けること、そしてその不安定さから多くを学ぶことだ。

不確実さに漂うことは昔から好きだった気がする。僕は思考の癖が二つありひとつは先述した飛躍があること、もうひとつは二項対立の間を揺れ動くことだ。

こうした志向と因果関係があるかはわからないけれども、子どもの頃から耳に残っている思い出深い演劇作品のセリフがある。

それはそれ、これはこれ、割り切って辻褄合わせ、合わなくたって、そんな生き方ありじゃない？

（松尾スズキ作・演出『キレイ〜神様と待ち合わせした女〜』）

これは大人計画で、松尾スズキさん作・演出のミュージカル作品『キレイ〜神様と待ち合わせした女〜』の中で、戦争が続く地域で大家族を率いて生き抜いている肝っ玉母ちゃん（初演は片桐はいりさん）が歌う歌詞だ。状況が目まぐるしく変わる戦地で、自分の信念を持ちながらも、がんじがらめにならずに柔軟に（時に卑怯に？）自分ルールを更新しながら生きていく、たくましさと愛嬌が入り混じったキャラクターを浮かび上がらせていた。

ここで演劇論なんて書くわけではないけれど、一九九〇〜二〇〇〇年代の大人計画の芝居にはこういう、ままならない現実を前にもがいて生きているキャラクターがたくさん登場していた気がする。そして登場人物には身体障害やそれぞれの生きにくさを抱えた人間や、そもそも人間じゃない異形の存在も登場していた。父親の影響でそんな作品を幼少期から見せられていて、「あ〜、こんな大人でも生きていていいんだ」と子どもながらに救われる思いがしたのだった。

一二歳で骨肉腫が見つかり入院している最中、姉が『キレイ』の歌をMDに録音して渡してくれたのを病室でずっと聞いていた。特に繰り返し聞いていたのが前述のセリフが出てくる歌だった。

当時、キリスト教の小学校に通っていた僕に、お見舞いに来た教師が「神様が守ってくれているおかげだね」と言ったことに不信感をいだいたことを書いたように、この痛みは自分の身体で引き受けている現実で神様なんて入ってくる余地は無いと思っていた。

でも、「それはそれ、これはこれ」。人には見えていないことがたくさんあって、全員の辻褄が合うことなんてないんだと思った。教師が絞り出した神様も、僕が毎晩対面する自分の胃液も、それぞれの精一杯の現実の中にあるものだったのかもしれない。

「それはそれ、これはこれ、割り切って辻褄合わせ、合わなくたって、そんな生き方ありじゃない」という歌は不確実さの極地のような気がする。なあなあな生き方に思えるかもしれない。でも、世の中には自分のルールや客観的な事実だけでは割り切れない当事者にとってのやむを得ない真実がある。

切断したはずの足を知覚してしまうことは、「切断したのだから無いのだ」という客観的な事実も、「知覚するんだからまだ自分の足はある」と信じ込むマイルールも、どちらに転んでも辻褄は合わないのだ。だからこそ割り切れない不確実な真実の中に、その人らしい「そんな生き方」があるんじゃないだろうか。

「無いものの存在」はそういう不確実なものであり続けたいと思う。だから誰かに「それ」と言われたら「これだよ」と言うかもしれないし、「これ」と言われたら「いやいや、それだよ」と返すかもしれない。そんな存在でいいのかもしれない。

## 二〇二二年九月一七日
# 語ることにつまずきながら

「無いものの存在」を書き進めながら、物事が柔らかく決定され前進するようなフラジャイルなディレクションのあり方を模索したいという関心があった。本義足の制作を中断したり遅らせたりしている状況を見て、ある人からは「義足を完成させたくないのではないか」とも言われてしまったが、確かに本義足が自分の一挙一動に関わらずに雑草のように勝手にすくすく出来上がっていってくれたら悩みは少なかったのかもしれない。自分の決定だけでなく、様々な微風が入り混じることで物事が進んで欲しかったのだろう。

義足が完成して欲しいという思いと、自分だけで義足を作りたくないというわがままな葛藤。または、物事が進展していくことへの漠然とした不安みたいなものが身体の中にどよんとしていた。そこには実は我が強い自分への負い目があるような気もする。

我が強いということを考えると、ポイ捨てができないということを思い出す。ポイ捨てをしないなんて結果的に良いことだとは思うのだけど、模範的な性格だと主張したいわけではなく、単に自分の手垢がついたものが自分の知らないところに行ってしまうのが釈然としないから、というのがはっきりした理由だ。自分のものは自分で落とし前をつけたいという気持ちになってしまう。他にも話し合いの場ではついイニシアティブを取りたくなってしまうし、ゲームには勝ちたい。誰かに仕事を振り分けることが苦手で、つい自分で引き受けてしまう。どうしても「自分がやった方が良いものが作れる」と心のどこかで思ってしまっていることが多かったのだ。負けず嫌いというか、目の前の出来事に自分が関わっていたいと思ってしまう。あるインタビューで「自分の体験は一〇〇パーセント自分で味わいたい」と話したのだけど、それは裏を返すと自分の人生への支配欲が強いということだったのかもしれない。そういう出しゃばりな自分を嫌だなと感じる瞬間が何度もあった。

切断や幻肢痛という経験はそういう自分の中に、思い通りにならないことが植えつけられる出来事でもあった。だから切断後は自分の支配欲を緩めることを考えていたし、私生活や仕事におけるコミュニケーションでも意識することが多くなった。

自分が割って入って前に出るのではなく、俯瞰して状況を見て道を譲れるようにと。それは義足をコントロールの対象にしないとか、幻肢性なんてキーワードで考えていたことや、価値を巡って考えていたことにも通底している。

キュレーターという肩書きは、アートの世界ではヒエラルキーを生みやすいものだ。展覧会というシステムの中でアーティストやコーディネーターよりも決定権を持っていると思われがちだし、実際にそうなっていることも多いだろう。でも僕はそういう構造がプレッシャーだったし、ヒエラルキーの中で自分自身が萎縮してしまうことも多々あった。以前あるアーティストに「青木くんより腰が低いキュレーターを見たことがない」と言われてしまったこともある。

特に三十代になり若手でもいられなくなってきて、少しずつ色々なことを任せてもらえるようになってきた現在、自分が望まずとも引き受けてしまう権力構造にビクビクするのだ。

これまではそういう構造に抵抗する方法のひとつは、フィジカルな負荷を自分にかけることだった。例えば展覧会やイベントを行なう時も、常に現場にいようと努めてきた。もちろんキュレーターとしてアーティストが何に興味を持っているか、何を考えているか、なるべく近くで、同じ空気感を共有したいという使命感もあるし、そういう現場が一番楽しいと感じているから「とにかくそこにいること」を大事にしていたのは確かだ。

だけどそういう野心や楽しさとは別に、自分がキュレーターやディレクターと名乗ることで知らないうちに引き受けてしまう権力をなるべく低くするために、罪滅ぼしのような気持ちで〇から一〇〇まで自分でやろうとしてしまうところがあったのだ。

そんな自分が幻肢痛をきっかけに、支配や被支配と異なる関係性がひとつの身体に同居した時、誰かにＳＯＳを発することや、不確かさを抱きかかえることを少しずつ恐れなくなっていったのだった。本義足が勝手に出来上がることはなく、それはやはり大切にする義足の価値を自分の言葉で語りながら協力してくれる人たちと共有し、形にしていかなくてはいけないことだ。フラジャイルなディレクションとは、自分を他所に物事が進むことではなく、僕自身も変わることを恐れずに周囲の人や環境、時に自分自身へ丁寧な働きかけを諦めないことだったのではないだろうか。

書くことが嫌になったりした時、不確かなものが確かさを帯びていく戸惑いがあったけれど、でも何かを表現するということはそういう矛盾がつき纏うはずだ。僕はアートは自分の想像を超えた存在を許容し、不確かさやあらゆる矛盾の中でも切実に思考するための技術だとも考えてきた。幻肢痛なんて言葉にならないような主観的な経験について語ることは、語れば語るほど不安や矛盾が募っていくことだ。それでも、そんな矛盾さえ許容できるのがアートでもあると、自分の語りを通じて実感が湧いてきたところだ。

語ることにつまずき続けながら、やっぱりそれでも表現していく。それが不確かさを漂うことの覚悟なのかもしれない。

二〇二三年四月七日

# 土から生まれて、身体を通って生えてくる義足

随分と時間が掛かってしまったのだが、少し前に本義足が完成した。本義足のソケット作りについてはこれまでも幾度か書いていたが、あれがついに出来上がったのだ。ここではその義足作りの過程を書き記しておこうと思う。

まず、本義足を作るにあたって、自分だけの使い勝手ではなく、義足自体も歩くことを喜ぶようなものを作りたいと考えた。それは、リハビリを通じて感じた義足と自分の関係性から気がついたことであったり、切断や幻肢からアートプロジェクトの作り方のヒントを得ようとする中での実践に近いものでもある。

まず、僕が雪の積もる地域で暮らしていたり、歩く頻度や生活リズムが今の環境と違ったら、きっと今の義足のパーツを選んでいなかった。だから、義足が置かれた環境と調和するような本義足を作ろうと思った。

そして目の前には切断した右足の遺灰、パートナーが僕の誕生日に植えてくれた藍で染めた布がある。完成した義足がこの藍が育った土地を踏むことを思うと、土から藍、藍から義足へ、そして義足がまた土を踏むという循環のイメージが浮かんできた。そこに切断された右足の遺灰がまた右足として戻ってくるという身体の循環が重なっていく。土から生まれて身体を通って生えてくる義足こそ、義足自体が歩くことを喜び、環境と調和していく姿ではないかと思ったのだ。

そんな義足作りは、義足を組み上げるところからではなく、切断から半年ほど経った頃から実は始まっていたのだ。それは生まれて初めてタトゥーを入れたこと。義足作りとタトゥーは自分の中では大切な繋がりがあるのだけど、簡単に人に見えるような場所に入れたわけではないから胸にしまっておきたいという思いもある。ただ、切断という選択も、タトゥーもどちらも大切な身体の変化なのだ。

僕が最初にタトゥーを入れたのは切断して義足のリハビリ後、仕事に復帰してすぐのことだ。元々興味もあったし、周囲にタトゥーを入れている友人知人もいたので抵抗は無かったけれども、自分が入れる機会はなかなか無い。そんな時、右足を切断する少し前に出会ったタトゥーアーティストのame（security blanket）さんの作品が印象に残っており、切断した時にふと「タトゥーを入れるなら今かも」と思い、アーティストに連絡をしたのだった。

初めに入れたのは背中にワンポイント。自分の干支が蛇であることと、そんな蛇が巻きついているアスクレピオスの杖が医療のシンボルであることから、モチーフを提案した。既に幻肢痛や義足のリハビリはセルフケアの技術開発でもあると思っていたので、自分で自分をケアするという意気込みでファーストタトゥーを入れた。

初めてのタトゥーを入れてみて思ったのは、心理的に安心する手がかりを得たように感じたことだ。いつもお気に入りの洋服を身に着けているような心地良さがあり、「あ、あれが今日も身体に触れているんだ」と思える安心感。そして何か自分について考え事をする時に、ひとつのセーブポイントになっているような感覚もある。切断という経験について実際に足が無くなったという現実をもう少し抽象化して心に留めておくような、大好きな本の一ページをパッと一回で開けるような、自分の思考を見失わない目印のような存在となった。

タトゥーは一度入れると、今度は「入れない」という選択肢を取り続けなければどんどん増えるということにも気がついた。初めて入れる時は大きな一歩だが、ひとつ入ってしまえばまた入れたくなるので、タトゥーが入っていない時よりも強い意志で「入れない」と思っていないと容易に増えていってしまいそうだ。

それはさておき、義足を作るにあたって、義足だけでなく自分の身体側も準備をしようと考え、本義足のコンセプトを設計図のようにタトゥーで身体に刻もうと思ったのだ。義足が身体拡張のアタッチメントではなく、積極的に内在化するような実験として。義足作りのことをameさんのパートナーであり同じくタトゥーアーティストであるfumijoeさんに連絡して、制作する義足の構成要素である「藍」「畑を耕す鍬《くわ》」「義足」「義足で踏む大地（山）」をモチーフに図案化を依頼した。これらのモチーフを「藍と鍬」「義足と大地」に組み合わせて抽象的な柄にしたタトゥーを両腕に入れたのだ。タトゥーを彫ってくれた二人は本当に優しいアーティストで、ただタトゥーを入れるだけじゃなくて、色々な話を聞かせてくれた。

印象的だったのは、四肢の切断や乳がんで乳房を切除した時にタトゥーを入れる人が一定数いるという話だ。僕は切断をネガティブな欠損とは思っていないけれども、タトゥーを入れようと思ったのはどこかで身体のバランスを取ろうと思ったからかもしれない。亡くなった身体をタトゥーというシンボルで補完する、肉体の質量ではなくてイメージで身体の総量を調整する、確かにそんな効果があるような気がする。

もうひとつ心に残っているのは、タトゥーを入れた僕が障害者という社会的なマイノリティであるのと同じように、タトゥーアーティストやタトゥーを入れている人が少数派に置かれる状況の話だ。タトゥーへの偏見や実際の社会的な状況を書くには僕には知らないことがたくさんあるけれど、僕にとってはお二人は切断の手術をしてくれた医師や、義足を作ってくれている義肢装具士と同じように、僕の身体を支えてくれている大切な人たちなのだ。タトゥーについてはそれぞれの考えがあると思うけれど、僕にとっては右足の切断がネガティブでなかったように、タトゥーも前向きな身体の変化であったのだ。

身体の準備も整う中で、義足もやることは山積みである。

藍で染めた布も十分にあるのだが、遺灰の活用を考えていたところ、バナナの仲間である糸芭蕉の繊維で作る芭蕉紙の制作をパートナーに提案され、沖縄の職人さんの協力を得ることになった。今回ご協力してくださったのは沖縄県の今帰仁村《なきじんそん》にある染織工房バナナネシアの福島泰宏さんだ。事前の打ち合わせでも「初めてのことだから……」と言いながらも、様々な方法を探ってくださり、コーヒーの豆かすを混ぜた紙を作った経験から、その時の豆かすと同じような大きさの粒子にすれば遺灰でも芭蕉紙が作れるのではないかということで、制作していただけることになった。

実際に沖縄の工房を訪ね、糸芭蕉の繊維を細かく割き、ハイビスカスの茎をもみ込んだ水をつなぎに遺灰を混ぜ込み、紙を漉くところまでを僕も一緒に作業させてもらった。象牙色の繊維の重なりが一面に見える中に、遺灰がポツポツとグレーがかった白い粒となって点在している芭蕉紙が完成したのだった。

さらに遺灰を顔料へ加工し布に定着させる工程についてアドバイスをくださったのは、染色の専門家である原田ロクゴーさん。最初に原田さんに言われたのは「遺灰はこれ以上自然界では分解されないもので、顔料には最適」だということだ。ただ遺灰を砕いて市販のバインダー（顔料の糊）を混ぜた顔料を塗るだけでは布にしっかりと定着しないため、どうしたらいいか伺うと、大豆の汁をこした「呉汁《ごじる》」を混ぜて顔料を作り、さらにその布を蒸すと顔料が布に定着するということを教わった。また、顔料は骨の砕き具合で色の濃度が変わってくるため、粒子の粗さをチェックしながら本番へ向けた顔料作りを進めていった。

顔料の準備はできたものの、しばらく義足の制作は停滞してしまった。というのも、何を描くかもそうだけれども、それよりも自分にとってはどんなタイミングでどんな風に描くのかということが重要だったのだ。ただかっこいい図案が生まれればいいわけではなく、生きていく中でこの義足が出来上がっていく必然性の流れに身を任せたかった。つまり単に作業にしていきたくなかったのだ。天気のいい日に、ベランダでお茶をしながら、ふと、「あ、今描いたらいいかもな」と思い、筆を手に取るような、必然的な流れに身を任せることができないかと。

義足作りの一時中断をパートナーに伝え、それからしばらくは本義足のパーツ選びなどをしながら「無いものの存在」の時間に身を任せていたのだった。

そして数カ月が経ったある晴れた日。そろそろ描けるかもねとパートナーと話をし、布に柄を描くことになった。僕が幻肢痛の体験を思い出しながら、その時の感覚をラフスケッチしてパートナーに渡していき、そこから数種類を選び、今度はパートナーが布に描いていくという協働作業を行なった。こうして二人で自然なタイミングでソケットに貼る布を作ることができたのだった。


もうひとつ難しかったのが、布と芭蕉紙の縫合だった。異素材を縫い合わせることは非常に難しいらしく、その方法を様々な人に相談していた時に紹介してもらった方が、一般的な服ではなく特殊な舞台衣装や小道具などを作る土屋工房の土屋武史さんだった。これでやっと義足が作れると思ったのと同時に驚いたことがあった。なんと土屋さんは昔僕の父と仕事をしていた方だったのだ。とんでもない偶然に驚きながらも、そんな必然のような繋がりの中で義足が作られていくことに妙な納得感も覚えていた。

土屋さんの見解では布と芭蕉紙の縫合自体も難しいが、樹脂でソケットの形に布を貼り合わせる過程で紙が破けてしまうのではないかとのことだった。そこで提案された解決策は布だけを貼り合わせてソケットを形作った後で、その上にもう一層樹脂を載せて芭蕉紙を貼りつけて二層で布と芭蕉紙をコラージュするという案だった。こちらの方が芭蕉紙をより自由にレイアウトすることができる。

こうして遺灰からできた顔料で着彩された藍染めの布を、自宅の庭の植物で染めた糸で縫い合わせてソケットを覆えるサイズの一枚の布に仕立てた。それを義肢装具士へ託して本義足のソケットを作ってもらったのだが、淡い藍色の布に樹脂を流し込んだところ、なぜか乳白色のような色になり、反対に遺灰の顔料で着彩して白くなっていた箇所には藍色が透けて見えるという不思議な色の変化を起こしたのだった。そんな予想外の結果も楽しみつつ、そのソケットを土屋さんへ渡して貼りつけた芭蕉紙を二層目の樹脂で固めてもらい本義足のソケットが完成した。こうして一通りの加工が終わり、完成したソケットは再び義肢装具士の手に戻り、本義足のパーツを組み立ててもらい、僕は義足作りを終えたのだった。

二〇二三年九月一八日

## 「無いものの存在」を巡って

切断をしてからこの文章を綴るまでにもう四年近くが経とうとしている。右足を切断し、義足で歩くようになり、そんな変化を当たり前と感じるようになっていったこの四年を振り返ってみたい。

変化のきっかけは二〇一九年九月一四日。

夜道で段差につまずいたことがきっかけとなり、自然な成り行きで、しかし突然に切断という選択に至った。「つまずきの石」なんて言い方があるけれど、本人の意表をついて不意に訪れたその段差は、突然コンコンと僕の身体をノックし、心も頭も身体も一緒に別のどこかへ連れていこうとするような、思わぬ来訪者となった。ついドアを開けてみると、そこには右足の切断という次のステージが続いている。切断に対して喪失の悲しみよりも変化への期待が溢れてしまったけれど、右足への労《ねぎら》いも忘れずにこの身体との最後の数カ月を過ごし、いよいよ一一月二八日に右足を切断したのだ。

「無いものの存在」を巡って文章を書き出したのは、幻肢痛という強烈な体験に興奮冷めやらぬ一二月三日。術後、麻酔で朦朧《もうろう》とする中にありありと感じた右足の存在感。燃えるように熱く、血がたぎる感覚に手術の失敗も頭を過《よ》ぎりながら目を向けた下半身に右足は無かった。自分の身体に起こった強烈な矛盾を感じた瞬間、本当に新しい世界を知ってしまったような気にさえなったのだ。

幻肢痛と呼ばれるこうした症状を体験できることを密かに楽しみにしていた僕は、これは治療対象ではなく、自分自身を更新するための最新技術だと考え、幻肢痛とアートへの眼差しを重ねていくその軌跡を記録したのがこの『幻肢痛日記』だった。

## 幻肢も成長する

切断と共に産声を上げた幻肢は、元々ついていた右足の遺伝子や魂を受け継いでいるのか、失った身体のなごりとして存在感を放ち続けていた。術後間も無い頃は、はっきりとした足の輪郭を伴うことが多かった幻肢痛も、義足で生活する時間が増える中で徐々に穏やかになっていくのだった。今でも車の運転中なんかはぼやっとした幻肢の感覚がよく現れたり、天候によってはズキンッと突発的な幻肢痛を感じることも稀にある。幻肢は徐々に断端に吸収されるように短くなって幻肢痛も無くなると言われるように、僕の幻肢も輪郭の鮮明さを失っていき、当初感じていたよりも短くなっていったように思う。

それでも右足に血が通うような感覚が完全に無くなったわけではない。それはまるでやんちゃだった子猫が大人になるにつれおとなしくなるように、幻肢の成長と言えるのかもしれない。もちろん医学的に見れば痛みが減るのでそれは治癒なのかもしれないし、症状の変化と呼ばれるものかもしれない。でも、ここは愛着も込めて成長と言っておく。おじいちゃんに寄り添って昼寝をする老猫のように、ちょっと隔たりつつもくっついている、そうやってお互い年を取る気がするからだ。

## 義足の固有性

義足はと言えば、完成までは時間が掛かったものの本義足も出来上がり、すっかり生活にも順応している。担当の義肢装具士とも自分に合うパーツを吟味することができたこと、オリジナルのソケット制作を通じて身体に馴染むものに仕上がったのだろう。

義足を履かない日は無いのだが、毎日出かけることも多い生活なので、たまに休肝日みたいに家でなるべく義足をつけないで過ごす日を設けたりしている。特に夏場などの暑い日は断端が蒸れたり、パンツとの摩擦で股が擦れてしまうこともあるので、スキンケアも兼ねて断端を休めるのだ。そうやって状況に合わせながら良い関係を結べている。

義肢装具士からは「青木さんらしい歩き方」という言葉をかけてもらうこともあった。これは本義足制作中、二重式ソケットという仮義足から異なる仕様にしたことで生じていた僅かな操作性の変化を、パーツの角度などで調整している時に義肢装具士に言われた一言だ。「うまく歩けている」と言われるよりも、自分らしいという言い回しが心地良かったのを覚えている。

限られたパーツを組み合わせる中でも、当事者の体格や使い方によって細かなセッティングの差が生まれ、「その人らしい歩き方」が出来上がっていくのだ。だからたとえ既製品であっても、義足が身体に馴染んで生活に順応すればするほど、そのような固有性を実感する。

## 「無いものの存在」の出口に向かって

今改めてこれまでに綴ってきた文章を読み返すと、考えていることはあっちへ引っ張られては、こっちへ戻りと、雑多な思考がふらふらとし続けていたなと思う。必死に答えになりそうな出口を見つけようとしていたのかもしれないし、考えがどこかに留まることを避けていたのかもしれない。

幻肢痛をきっかけに書き綴っていた一連の文章は、そうやっていくつかの言い回しや異なる事象からのアプローチはあったものの、その根幹にあったのは「障害と呼ばれる体験に多層的な解釈を与え、それを共有することで自分の想像を超えていく手がかりを見つける」ということだったように思う。そして「多層的な解釈」と「想像を超えていく手がかり」の補助線を引いてくれたものが、僕がこれまでに出会い、関わってきたアートの存在だった。そしてその補助線はもはや不要になりつつあり、僕の中で鉤かっこつきの「アート」は幻肢や義足の順応と同じように生活の中に融解している今、「無いものの存在」にもひとつの出口が与えられるような気もする。

## 障害を他者と共有する

四年間で書いてきた文章は主に切断後の入院期間、リハビリ期間、義足作りの三つの段階と、アートとの関わりやその他の随想的なものに分けられる。改めて読み返してみると、それぞれの過程で記録された言葉には一貫する問いや戸惑いが見られることも多く、時系列はバラバラでも呼応し合うものもあるように思う。

はじまりは、幻肢を生んだ右足切断という出来事と、僕が携わるアートに対する考えに何か繋がりを感じたことだった。

キュレーターとして様々なアーティストやコーディネーター、ジャンルの異なる専門家などと協働していく際に、トップダウンではなく、どのように振る舞えば、より創造的な集団を形作ることができるのか。どうすればよりユニークなアイディアが生まれてくるのか。そうした関心を「フラジャイルなディレクション」といったキーワードで模索しようとしていた時、見えないけれど確かに存在感のある右足について考えることで、何かヒントがあるのではないかと考えたからだった。

幻肢痛をきっかけに、どうして身体的な変化とそんなアートに関する考えが繫がったのか、当時は本当に直感でしかなかった。切断された右足の存在を感じるという圧倒的な矛盾を体験することと、自分の想像を超えたものと出会うきっかけをくれるアートというものが、互いに琴線に触れたのだろう。さらにそうした共鳴を強く生んだ理由は、これまでは障害について誰かと共有することができなかった状況とも重なっている。

もともと一二歳で手術をした頃からびっこを引いていたし、怪我や感染症などのリスクから守らなくてはいけない存在となっていた右足は、あまり触れられたくない話題になっていたような気がするのだ。そしてこれまで、自身の障害を他者に共有することは積極的には行なっていなかったけれど、幻肢痛という経験を機に、この体験やそこから始まる思考実験については表現することができるようになった。僕の障害を右足切断の時点から考えるならば、喪失からの回復の物語として収まりはいいかもしれない。しかし、これは一二歳の骨肉腫から始まっていた右足の変化の中のひとつの通過点なのだ。だから僕の中では、実在はしていたけれど触れにくかった右足が切断され、目には見えないけれども自他共に言及できる右足となったことは、心も身体も負担が軽くなる部分が大きかった。

幻肢痛を感じた時、この経験は誰かと共有できると思ったことが自分にとっては重要で、自分の身体の変化を言語化することが僕にとってのケアにもなっていたのだ。一人で抱え込まずに伝えることの可能性に気がついた瞬間だった。

そう、抱え込まずに伝えることの可能性。わざわざ強調するのも照れ臭いけれど、僕にとっては大事なことだったのだ。ちょうど三〇歳を超えて仕事も楽しくなってきた一方で、アート業界のようなシステムの中で、〝若手〟の〝男性〟〝キュレーター／ディレクター〟という構造に組み込まれる自分が、いつか弱音を吐けなくなるのではないかというプレッシャーに押しつぶされそうになったり、反対に権力構造の中で僕が誰かの声を押しつぶしてしまうのではないかという不安を感じたりしていた。だから自分のことを伝えていくという技術を、右足切断や幻肢痛について考えたり文章を綴ることから学べる気がしたのだった。

さらには僕自身に限らず、人が安心して表現したり、表現に心を動かすことができる場をどのように作ることができるのかということも、キュレーションに通じる技術の考察である。

## 身体の変化から複雑化する思考

自分の経験を言語化したり、弱さを公開していくという視点は、前にも触れたが当事者研究にも影響を受けたことだった。

そして幻肢と義足を同期させるリハビリを思いついたり、F1ドライバーのように義肢装具士や理学療法士と意見交換をしながらパーツを選び、義足に乗るテクニックを磨いていく協働作業では、当事者研究のように自分自身を観察し、共有するという姿勢が活かされたようにも思う。

しかし、リハビリを続ける中で、義足の機能的な限界がわかってきたり、健常者の歩行を目標としているリハビリに違和感を覚えることもあり、僕自身にとっての義足とはどういう存在なのかを考えるようになるのだった。

そして義足に対して相棒のような感覚を抱いたり、単なる道具ではない存在として付き合っていくことでリハビリ自体は順調に進んだところもあったが、そうやって自分だけの感覚を言語化していくことで、他の切断当事者を置き去りにしてしまうことがないか戸惑いも生まれていった。なぜなら僕が自分自身にとって有益な突出したアイディアを見つけるよりも、誰もが一定のレベルで歩けるようになる義足やリハビリが作られることも大切かもしれないのだから。

でも何かを表現するということは、大小様々に葛藤があることだ。アートでは常に新しい表現が求められるので、アーティストたちは過去の作品を学び、それらの表現を超えていくようなコンセプトや技術を自分の作品に込めていく。だから誰かの作品を真似したり、他の表現方法やエンターテインメントとして代替されてしまう物ではなく、その他の方法では表現することができない、作品としての固有性がアートとしての自律性を高めていくことになる。

アートの面白さのひとつは、個の表現を突き詰めた先に、それが多くの人の共感や関心を集めたり、社会への批評となることで、個が公に至るダイナミズムがあることだ。

医療・福祉とアートを横断して活動をする方々へのインタビュー調査をしていた時のこと。ある障害者施設の方が、アウトサイダーアートという視点と福祉が目指すものは乖離しているのではないかということを口にしていた。障害特性はそれぞれに異なり、ひとつの施設の中にも多様な人たちがいる。福祉とはそのような多様性を認め合えるような場であるはずだ。そのような世界に対して、アートのように個の表現に優劣がつくようなシステムが果たして本当に寄り添うことができるのか、その方の疑問は様々な特性を持った人たちの表現に可能性を感じるからこそ、それがアートという制度に回収されていくことへの戸惑いでもあったのだろう。

アートを業界やシステムとして形作っているのは、アートに関わる限られた人たちだ。しかし、世界には市井の表現が無数にあり、そこにはアートと呼ばれていない多様な創造力がある。表現することを突き詰めてきたアートという歴史の重要性もわかるし、僕自身もこれまで幾度もアートに救われてきた経験がある。しかし、あらゆる表現や創造力がアートの土俵に乗るものでもないはずだ。

僕自身が幻肢痛や義足に関する経験を表現してきた中で、この経験にどのような価値があり、それを共有することでどのように受容されていくのか、僕自身もどうなっていくのか正直わからないところが多くあった。右足切断、幻肢痛、義足という個性が際立つほどに表現できることは増えたかもしれないが、アートにおいて作品が評価されていくように、それが「表現」となった途端に優劣がつけられる土俵に上げられてしまうとしたら、「無いものの存在」という自己観察から離れて客観的な評価を気にし始めてしまうのではないかともやもやしていた。

一二歳で骨肉腫が見つかり障害者手帳を取得した頃、思春期の中で「障害者」を自認することは自分を型にはめ、「障害」というアイデンティティを盾に他者や社会を遠ざけることになってしまうようにさえ感じていた。しかしそんな時に僕を救ってくれたのがまさにアートだった。幼少期から観る機会のあった演劇が多様な生き方があるんだという選択肢を教えてくれたのだ。一二歳で入院している時に『キレイ』の歌を聴き続けたこともそうだ。それから幾度も僕はアートで救われる経験があった。僕を劇場に連れて行ってくれていた父が脳腫瘍で亡くなる姿を見た時も、アートが生きる術として人を救うのだと強く実感したのだった。でも大学でアートを学び、キュレーターとしてアートに携わる中でその不自由さも感じるようになっていった。そうした中でアートと呼ばれなくても、この世界には「切実な創造力」と呼べるような大切なクリエイティビティがあるのではないかと思い描くようになったのだ。

　障害当事者として、キュレーターとしての背景があったために、自分の体験やそこから考えたことを言葉にするには、自身の障害受容であったり、表現とアートの狭間での逡巡、それらから考えた切実な創造力の可能性など、直線的ではなく散漫とした事象が複雑に絡み合っている過程を解きほぐしていく必要があり、かつそれらを覆う幾重もの価値観を剝《は》がしながら自分にとっての大切な経験を言葉にしなければという難しさがあった。

　だから一時は自分にとってもこの難解で不確かな経験であるはずのものが、確かな輪郭を帯びていくことが嫌になることもあったのだ。

そうした戸惑いを振り切ることができたのもまた「無いものの存在」を通して、わからないことを無理に咀嚼するのではなく、わからない時はわからないと言えばいいし、書けないことも書いていけばいいのだという、表現を諦めない方法だった。

こうしてまとまった文章となるのに四年の歳月をかけたのは、義足の完成が遅れたり、書けなくなったりといった僕自身の都合もあるが、障害当事者の物語としてにしろ、障害とアートを巡る話にしろ、何かわかりやすいものとして消費されていくことへの抵抗もあったように思う。誰かが闘病と呼んだ僕の経験は、僕にとってはただの日常なのだ。だから、誰かから忘れ去られるくらいの時間がかかった方が、この経験が熟成していくような気がしていた。そしてその時間の中で、表現への覚悟を育んできたのだ。

## 不確かさを社会化する

こうした戸惑いをわざわざ吐露する必要も無かったのかもしれないが、もう手遅れというか、全てをさらけ出すことが、もしかしたら未来を変えるかもしれないと信じるしかないのだ。これまでは切断前の右足が触れにくい存在となっていることだったり、アートにおける権力構造に疲弊したりと、無理をしていることもあっただろうから、「無いものの存在」に耳を傾けることで少しずつ弱さを公開し、不確かな事象の中を漂ってみようと試みたのだ。
毎日幻肢痛の痛みを一〇段階で質問してきた看護師や医師と、そもそも取り除きたい痛みと捉えていない僕とでは、互いのコミュニケーションは平行線で、医療という枠の中で互いの理屈がぶつかり合ってしまう。しかし、障害といった経験を僕と他人とのちょうど真ん中に「無いものの存在」という物語としてポンッと放り込んでみたらどうだろう。障害当事者と周囲の支援者、さらにはもっと多くの人たちと一緒に、その表現を答えの無い問いとして対話することができるような気もするのだ。

「無いものの存在」を取り巻くこの実践とそこから生まれた物語は、僕が自分自身をケアするために希求して発揮された、治療ともアートとも名づけられない切実な創造力のひとつだった。この軌跡はひとつの回答を導き出したわけではない。あらゆる断定を避け、そこに生まれる複数の応答を漂うこと。自らの内にある不確かさを不確かなままにすること。あれでもあるけどこれでもある、これでもないしあれでもない。あらゆる矛盾の中で切実に思考を続けるために、不確かさが反響するその余白に張りつめているものが「無いものの存在」だった。

## おわりに

本書は僕という小さな主語で右足切断による幻肢痛を始めとする身体の変化を記録しながら、細々と生計を立てているアートについてのアイディアを重ね合わせた随想集のようなものとなりました。これは非常に固有性の高い出来事であると思う一方で、みなさんも同じようにそれぞれに固有の経験があり、人は誰しも自分の当事者であり続けます。でも当事者だからといって自分のことが全てわかっているわけではないし、わかろうとしなくてもいいと思うのです。

例えばアートにおいて作品は、必ずしもひとつの解釈や意味に限定されるとは限りません。鑑賞者によって多義的な解釈が許容されるところに面白さがあるはずです。そうやって価値観が揺れ動く幅があることで、世界はバランスを保てているのではないかとすら思います。だって画一的な価値感が支配したり、あらゆることに意味を問われるような世界は窮屈ではないでしょうか。わからないことがあっていいんです。

今このおわりにを書いている最中も右足は無いはずなのに、机の下で血が通っているような存在感があります。僕の身体ではそういうことが四六時中起こっています。まずはそんな自分の身体を認めてあげたいのです。そしてそういうわからないことをみなさんと共有するために、こんなに紙幅を割《さ》いたのでした。

右足切断後にインターネット上で連載を投稿し始めると、医療や福祉に携わる方々から反応をいただくことが度々あり、さらには仕事においても福祉分野の方々と協働することが増えていきました。同時に三十代半ばになって、キュレーターとしてのキャリア形成などについても悩み出す中で、今自分が一番考えたいこと、やりたいことは福祉について学ぶことだと思ったのです。そして二〇二三年から大学の通信課程に入学し、社会福祉士の資格取得に向けた勉強を始めたのでした。

社会福祉士の実習中、福祉の現場で感じたことは、普段のキュレーターとしての仕事との共通点の多さでした。アーティストから作品の話を聞き取ることと、クライエントの感じている課題や希望を聞き取ることは、僕にとってはどちらも当人が持っている切実さを一緒に探っていくことのように思えました。自分がやりたいことは、アートか福祉かという垣根を越えて、人間が持っている切実な創造力に寄り添っていくことだとはっきりと自覚したのです。こうしたことを明言できるようになったのも、右足切断後に約四年間という時間をかけて不確かさを漂いながら言葉を紡ぎ、考え続けることができたおかげです。

そしてそんなことができたのは様々な人との出会いがあったからに他なりません。義足作りを中心にいくつかの場面で登場したパートナーのあいちゃんがいなければ、今僕の身体を支えている義足は出来上がっていません。本書で言及されている不確かさや自分の想像の限界を更新するような柔軟性についても、いつも優しくまっすぐに向き合ってくれたあいちゃんが側にいてくれたからこそ考え続けられました。

また本書の元になった連載の執筆を後押ししてくれたのは、当時医学書院の編集者をされていた白石正明さんでした。連載を公開し始めて間もない頃、入院先の病院まで来てくださり、書き続けた方がいいと発破《はっぱ》をかけてくださったことが本書に繋がりました。そして書籍化に向けて辛抱強く伴走してくださった河出書房新社の高野さんがいなければ、大幅な加筆修正を進めていくことはできなかったと思います。デザインを引き受けてくださったマツダオフィスの松田行正さん、倉橋弘さんは、入院時に描いていた幻肢痛に関する僕の拙いイラストを活用してくださったり、捉えどころのない本書のテーマに優しい輪郭を与えてくれました。本当にありがとうございました。

そして最後に、僕の人生に表現やアートの素晴らしさを教えてくれた父である義博にも感謝を記します。直接伝えることはもう叶わないけれど、アートとはこうして時間や空間を超えてふとした瞬間にくるりと目の前に現れて、人生を救ってくれるということを、身をもって体験しました。

二〇二四年六月二三日

青木 彬

青木彬（あおき・あきら）

インディペンデント・キュレーター。一般社団法人「藝と」ディレクター。1989年、東京都生まれ。京都市在住。首都大学東京（現・東京都立大）インダストリアルアートコース卒業。アートを「よりよく生きるための術」と捉え、アーティストや企業、自治体と協働して様々なアートプロジェクトを企画している。近年は社会福祉とアートの接点を模索しながら、地域福祉に関する調査や実践を重ねる。これまでの主な活動にまちを学びの場に見立てる「ファンタジア！ファンタジア！—生き方がかたちになったまち—」（墨田区、2018〜）ディレクターなどがある。共編著書に『素が出るワークショップ：人とまちへの視点を変える22のメソッド』（学芸出版）がある。

幻肢痛日記
無くなった右足と不確かさを生きる

2024年10月20日 初版印刷
2024年10月30日 初版発行

著者……青木彬

表紙撮影…高見知香
発行者……小野寺優
発行所……株式会社河出書房新社
〒162-8544 東京都新宿区東五軒町2-13
電話（03）3404-1201（営業）
（03）3404-8611（編集）
https://www.kawade.co.jp/

印刷……株式会社亨有堂印刷所
製本……加藤製本株式会社

Printed in Japan
ISBN978-4-309-23162-4